UNE PRESSE
SANS GUTENBERG

Jean-François Fogel est journaliste, consultant et écrivain.

Bruno Patino est vice-président du directoire du groupe *Le Monde*.

Pour l'équipe du MIA.

SOMMAIRE

Reconnaissance en ligne

Cet essai est issu d'une expérience. Appelés au début de l'été 2000 à bâtir, avec d'autres, l'audience et la rentabilité du site Internet créé par le quotidien *Le Monde*, ses auteurs participent depuis au développement du journalisme en ligne. Leur expérience est donc, comme on voudra, dérisoire – une poignée d'années – ou énorme puisqu'elle court sur plus de la moitié de l'histoire des sites d'information.

Cet univers de pionniers qui façonnent eux-mêmes leurs outils n'est encore que la somme des pratiques qui y sont mises en œuvre. La nouvelle presse est si jeune qu'elle n'a ni théorie, ni histoire, ni manuel à jour de ses innovations. Des convictions convergentes n'en rapprochent pas moins les responsables des sites d'information. L'épreuve des faits leur a appris la nature de leurs entreprises, les rôles respectifs des hommes et des technologies et la place promise à Internet dans l'univers des médias. Tous ont en commun d'avoir à la fois inventé et appris ce qui est désormais un métier de presse aux différences abruptes avec ceux de l'écrit et de l'audiovisuel.

Ce savoir professionnel révisé sans cesse – innovation oblige – est le produit de tous et de personne en

particulier. Il constitue le contexte de la réflexion qui
a nourri ce livre. Si ses auteurs sont seuls à assumer
le contenu des pages qui suivent, ils tiennent néanmoins à exprimer leur reconnaissance envers ceux
qui les inspirent et les stimulent en bâtissant, en ligne,
un journalisme en devenir.

[Ce livre délaisse le terme « Web » et s'en tient à
celui d'« Internet ». Ces deux mots désignent deux
réalités. Pour visiter un site, un internaute utilise le
navigateur de son ordinateur sur le réseau du *World
Wide Web*. Le même internaute adresse ou reçoit ses
e-mails grâce à d'autres logiciels qui déplacent ses
messages sur Internet, un réseau de réseaux parmi
lesquels le Web. En France, le langage courant
désigne du seul mot Internet le champ de ces deux
activités et, plus largement, de tout ce qui est attei-
gnable sur ce réseau lorsqu'on se trouve en ligne.
Pour plus de commodité, cet usage est respecté ici.]

1. Le nouveau régime
de la presse

C'est une vieille histoire. Celle d'un douanier qui inspecte un camion. Le chauffeur n'a pas de cargaison. Le douanier le laisse franchir la frontière sans s'en préoccuper mais voit revenir sans cesse, durant des années, ce chauffeur qui ne transporte rien. Aucune fouille du véhicule qu'il conduit, jamais, ne révèle la présence d'une marchandise ni même une cache vide. Ce n'est pas faute pour le douanier, dans des moments d'exaspération, de démonter un camion pièce à pièce tant il est évident que ces voyages nourrissent un trafic.

Quelques heures avant sa retraite, au moment d'achever sa dernière journée de travail, le même douanier voyant apparaître le même chauffeur n'y tient plus. En lui promettant l'impunité, il le supplie, après une ultime inspection infructueuse, de révéler sa fraude. « C'est fini, lui dit-il, ce soir je quitte la douane, mais pour la paix de ma retraite, j'ai besoin de savoir avant de partir : c'était de la drogue, des devises, un passager clandestin, de l'or… ? C'était quoi ce trafic ? » Trois mots assomment le futur retraité : « trafic de camions ».

Les pionniers du journalisme électronique ont long-temps raconté cette plaisanterie en s'identifiant au chauffeur. Car leurs confrères des autres médias, leurs fournisseurs, et même leurs actionnaires et leurs collaborateurs ont fantasmé sur ce que livrait la presse en ligne. Pour les uns, c'étaient des journaux distribués de façon plus rapide. Pour d'autres, c'était le signal d'une radio ou d'une télévision libérées des ondes et de l'obligation de diffuser en continu. Pour d'autres encore c'était, directement du producteur au consommateur, les informations des agences de presse. Pour d'autres enfin, c'était un simple ajout aux listes des nouvelles les plus consultées que *Google* ou *Yahoo !* remettent à jour sans cesse.

Souvent une malédiction s'ajoutait à la cargaison. Des cerbères de l'éthique prédisaient la vente en ligne de places de spectacle dans les rubriques Culture et l'apparition de courtiers dans celles de Finances. Des lettrés voyaient dans les journalistes du nou-veau média des apprentis sorciers en passe de tuer l'imprimé. Et des paranoïaques décelaient derrière les sites de presse un « Big Brother » résidant à Washington, une mondialisation de l'information au service des multinationales ou la promotion d'une utopie libertaire confondant cyberespace et lieu de liberté.

Ce regard biaisé, qui présume d'une cargaison et ne voit pas le camion qui la transporte, c'est le déficit de reconnaissance du journalisme en ligne. On ignore combien son activité est spécifique. Les sites qui dif-fusent de la musique, vendent des voyages ou mènent des enchères proposent d'écouter la même musique que sur le CD acheté chez un disquaire, de monter dans le même train ou le même avion qu'avec un billet acquis dans une agence ou d'acheter le même objet qu'adjuge un commissaire-priseur. Les sites d'information échappent à cette similitude. Ce qu'ils mettent en ligne ne se confond pas avec ce qu'offre le journalisme avec le livre, le journal, le cinéma, la radio et la télévision.

Une presse neuve est née sur Internet, avec son identité, son langage et une croissance si vive que ses concurrents s'en sont défiés. La crainte de perdre des lecteurs au profit des sites d'information est devenue la routine des journaux avant que les médias audio-visuels s'inquiètent à leur tour. Ce jeu à somme nulle où une presse gagnerait en audience et en recettes publicitaires ce que l'autre perd est pourtant une vue fausse, étroite, sans portée, d'une rupture historique.

Comme d'autres corporations confrontées à une révolution technologique, le journalisme s'aveugle. Il veut croire qu'un siège supplémentaire tendu à Internet suffira pour que les mêmes médias de masse prennent place autour de la même table de l'information et jouent la même partie devant une audience muette. Les premiers pas du journalisme en ligne balaient cette illusion. Internet n'est pas un support de plus ; c'est la fin du journalisme tel qu'il a vécu jus-qu'ici. Soumis à l'omniprésence d'un média neuf, peu à peu dépouillé de la concurrence entre ses divers supports, il révise chaque jour un peu plus sa relation avec l'audience. La presse n'a pas entamé un nou-veau chapitre de son histoire, mais bien une autre his-toire, sous le régime d'Internet.

La troisième attaque

Au début du XXIe siècle, c'est à l'aune du terrorisme que se lit un impact médiatique. Les attaques meurtrières menées en moins d'un lustre contre New York, Madrid et Londres ont à chaque fois exposé le champ d'action d'Internet, la forme et l'influence des informations qui y circulent. Chacun de ces trois remous du monde a donné la mesure du réseau mondial désormais devenu la référence des médias.

A rebours de la croyance commune, l'effondrement des tours du World Trade Center à New York, le 11 septembre 2001, n'a pas démontré la puissance du nouveau média. Ce jour-là, alors que journaux et presse audiovisuelle battent des records d'audience, beaucoup de sites vivent un échec que leurs éditeurs se remémorent encore. Ceux qui ne sont pas en panne, « plantés » dans le jargon du métier, en raison d'un nombre trop élevé de connexions, offrent une page, au plus deux ou trois, avec un article et quelques photos, afin de simplifier les opérations d'un système débordé par son audience. Internet n'est pas encore à la hauteur d'un événement planétaire.

« Après le 11 septembre, on s'est dit : jamais plus » est une phrase répétée dès lors non pour exprimer la nécessité d'en finir avec le terrorisme mais pour évoquer les techniques propres à faire face à une augmentation considérable du trafic. Les éditeurs ont compris que l'attente du public existe et qu'ils y répondront en dispersant les contenus, textes, photos, pages, en divers points du réseau d'où il sera plus facile de les diffuser. Les sites ne sont plus conçus comme des médias émettant à partir d'un point unique, à la façon d'un journal ou d'une station, mais comme des fournisseurs de flux sur un réseau planétaire.

Logiquement, le 11 mars 2004, lors des attentats contre les trains amenant les banlieusards à la gare d'Atocha, à Madrid, la plupart des sites battent leur record d'audience, notamment en Europe. Au sein d'un trafic devenu fluide, la présence de cartes, graphiques, forums, chats prouve que le média dépasse les textes et photos auquel se limitait d'abord son contenu. Très vite, les sites espagnols d'*El País* et *El Mundo*, réputés pour leurs graphismes interactifs, proposent des animations copiées partout tant elles offrent une représentation claire et dynamique des explosions multiples des bombes et de l'enquête de police qui leur fait suite. Installé au premier rang des médias par sa réactivité, Internet dispose désormais d'atouts qui lui sont propres.

C'est avec les attentats dans les transports en commun londoniens, le 7 juillet 2005, qu'Internet prend toute sa dimension. Tout au long de la journée – car comme dans les cas précédents les terroristes ont frappé à l'ouverture des bureaux –, le réseau achemine un contenu diversifié dans un trafic dont la répartition est à la hauteur d'une des grandes métropoles de la planète. Ainsi, parmi les 1,3 million de visiteurs qui se rendent sur le site du *Guardian*, plus d'un demi-million se connectent, langue oblige, à partir des Etats-Unis. Les internautes madrilènes, qui savent l'horreur d'un tel attentat, sont, après ceux de Londres qui cherchent à être informés sur leur sort, ceux qui totalisent le plus de visites depuis une ville d'Europe. Internet assume toutes les attentes : la puissance intéressée des Etats-Unis, l'émotion de la capitale qui a été la cible précédente et le besoin d'information locale ; mais le média cette fois va plus loin, en élargissant le périmètre du public et les limites de son réseau.

D'abord la frontière tombe entre les journalistes et leur audience. « Quelques minutes après la première explosion, nous avions reçu les premières images du public. En moins d'une heure, nous en avions cinquante », raconte Helen Boaden, directrice de l'information à la BBC. Les victimes des attentats utilisent les objectifs et les claviers de leurs téléphones portables pour alimenter un journalisme de citoyens qui nourrit la planète entière. Sur le site de la BBC, les témoignages sont en effet assemblés à la façon d'un puzzle d'images et de mots qui couvre la capitale, y compris ses hôpitaux et le dédale du métro, et que les sites du monde entier reproduisent aussitôt. La *BBC* et *MSNBC.com*, un site américain, offrent même un journal intime en ligne aux personnes qui ont fait les apports les plus pertinents afin qu'ils dépassent le témoignage de leur survie à l'attentat en racontant la suite : les soins qu'il ont reçus, les réactions de leur entourage, les questions des journalistes, etc.

La marée de l'expression spontanée est si forte – en vingt-quatre heures : vingt mille e-mails, plus de mille photos et vingt vidéos utilisables – qu'une seconde frontière tombe : celle qui sépare Internet des autres médias. Au-delà de l'utilisation des témoignages pris sur Internet dans la préparation des informations, les chaînes de télévision de la BBC, ITV et Skynews ainsi que les quotidiens *The Daily Mail* et

The Guardian diffusent pour les uns des vidéos et pour les autres, en première page, des photos captées sur le réseau. Le pays qui a inventé le modèle du « journalisme à l'anglo-saxonne », qui s'est nourri de la légende des quotidiens de Fleet Street et qui désigne d'un câlin *The Beeb* sa radio-télévision d'Etat voit Internet devenir le *primus inter pares* des médias alors qu'il vit sa journée la plus menaçante depuis la Seconde Guerre mondiale.

Il s'agit d'un de ces moments où se déchire le voile qui masque le futur. Internet est là à la hauteur des attentes engendrées par les premières années de son existence. Le média agit en fournisseur des autres médias et distributeur vers le public, récepteur et émetteur d'informations, il est tout à la fois contenu, canal de diffusion, centre d'archives mises à jour en continu et lieu de débats. Dans ce déploiement, ne manque pas même l'affirmation d'un format interactif propre au journalisme en ligne puisque les sites de la BBC et du *Guardian* publient leurs principaux reportages sur des blogs plutôt que dans des articles.

Sur un réseau ouvert, où alors près d'un milliard d'internautes peuvent produire, grouper et déplacer des informations, aucun espace n'est réservé aux journalistes. Les sites d'information n'alimentent d'ailleurs que 5,6 % du trafic Internet de la ville lors de l'attaque contre la capitale anglaise. Mais le journalisme ne se confond pas avec un flux de nouvelles : la façon dont elles sont reçues compte autant que leur contenu. C'est seulement lorsque s'ajuste le triangle qui a pour sommets l'événement, son traitement journalistique et la réaction de l'audience, qu'un média se montre en phase avec l'information. Voilà la démonstration établie en ligne, sans qu'ils l'aient voulue, par les terroristes de Londres : Internet est installé pour de bon au cœur du journalisme.

Tous en ligne

L'irruption d'un média neuf dans l'univers de la presse est un épisode d'une histoire plus courte qu'on ne l'imagine. Le quotidien règne encore sans partage dans le monde – le livre n'est pas encore un support journalistique et le documentaire reste anecdotique au cinéma – quand la radio diffuse pour la première fois des nouvelles. Précisément le 2 novembre 1920, aux Etats-Unis : l'annonce du résultat d'une élection présidentielle par la station KDKA de Pittsburgh marque le début de l'information sur les ondes. Il faut plus de dix ans – deux tiers des foyers américains possèdent alors des récepteurs – pour que cette innovation provoque « la guerre presse-radio » à l'initiative des journaux qui se désignent encore comme étant *la* presse.

Au-delà des batailles, c'est l'armistice final qui décrit le mieux ce conflit, le premier entre deux médias de presse. « L'accord Biltmore », du nom de l'hôtel new-yorkais où il est conclu en décembre 1933, dispose que les stations de radio ne diffuseront pas plus de deux bulletins d'information par jour, ne dépassant pas deux minutes chacun, bien après la mise en vente des quotidiens du matin et du soir. De plus, aucune nouvelle survenue dans les vingt-quatre dernières heures ne peut être citée et chaque bulletin s'achève par une phrase rituelle : « Pour plus de détails, consultez votre journal local. »

Cet accord, bien sûr, reste lettre morte. La vie des médias, dès l'apparition du journal moderne au milieu du XIXe siècle, est une lutte sans merci pour capter l'attention de l'audience. C'est aussi celle d'une double déroute historique des entrepreneurs en place. La conviction s'était en effet imposée, lors de la création de la radio, qu'elle serait produite par des éditeurs de presse écrite, censés savoir s'adresser au public ; de même qu'on a cru plus tard que la télévision naîtrait à partir des radios où l'on savait ce qu'émettre voulait dire. Ces pronostics se sont peu vérifiés. Empêtrés dans leur savoir, les gestionnaires ont tenté en vain d'appliquer de vieux modèles économiques à des médias neufs. Radio et télévision ont été développées par des nouveaux venus dans la communication.

Tout donnait donc à croire qu'Internet serait de même un territoire pour de nouveaux entrepreneurs. Mais si les leaders parmi les sites commerciaux et les portails sont effectivement des créations de toutes pièces, tels *eBay, Amazon* ou *Yahoo !*, les sites d'information, eux, font exception. Presque tous s'appuient sur des marques antérieures à l'invention du média : aux Etats-Unis, NBC, CBS, *USAToday* ou, dans une moindre mesure, CNN et *The New York Times* ; en Allemagne, *Der Spiegel*, mais *NetZeitung*, une exception, est née en ligne ; en Argentine, *Clarín* ; au Royaume-Uni, BBC ; en France, *Le Monde* et *L'Equipe*.

Dans le domaine de la presse, Internet n'a pas suivi le modèle historique de la radio ou de la télévision mais plutôt celui du livre imprimé, né quand les bibliothèques regorgeaient de manuscrits copiés à la main. Lorsque les sites d'information sont apparus, le seul atout indispensable pour devenir éditeur en ligne était en effet de détenir un contenu – texte, puis image, son, et enfin vidéo – à mettre en ligne. De là, une situation de concurrence particulière : ce média est apparu dans la mouvance interne d'entreprises de presse plus attentives aux effets d'Internet sur leur rentabilité qu'aux changements de fond en train d'intervenir.

« Nous regardons le présent à l'aide d'un rétroviseur. Nous marchons en arrière vers le futur », s'indignait Marshall McLuhan, théoricien qui le premier considéra un média comme une expérience personnelle plutôt qu'un contenu. Les premiers pas d'Internet lui donnent raison : à chercher dans le rétroviseur ce qui venait du papier ou des ondes pour se retrouver sur le réseau, on omet de suivre l'expérience vécue face à l'écran. Davantage qu'une diffusion du contenu des autres médias, Internet offre une autre approche, si renouvelée et mélangée qu'elle déstabilise le fond même des journalismes écrit et audiovisuel.

Premier touché, l'écrit. Rompre le lien établi depuis Gutenberg entre écriture et imprimé est forcément une révolution. Le texte a beau dépasser grâce à Internet les limites de diffusion d'une publication sur papier, il perd aussi son statut de référence. Confronté au son, à la vidéo et aux animations interactives, composé avec des caractères d'une taille modifiable, reproductible par copier-coller, il n'est plus l'empereur des signes mais un signal banal, affiché sur les écrans de tous les réseaux.

Les difficultés des quotidiens des pays industrialisés qui révisent prix, format et formule rédactionnelle ont pour origine cette expérience neuve : la généralisation de la lecture sur écran. Elle affranchit les lecteurs de la soumission au texte. Un rapport de l'Association mondiale des journaux en convient : « L'histoire des journaux gratuits et de leur développement implacable, peut-on y lire, est, en fait, l'histoire d'une nouvelle génération. Nous pouvons l'appeler la génération Internet… Les plus jeunes n'associent pas la lecture avec l'idée de l'effort. Pour eux, la lecture est purement visuelle, c'est un exercice similaire à celui de regarder la télévision, l'écran d'un ordinateur ou d'un téléphone portable. » La souplesse de l'anglais a déjà produit le terme *viewpaper* (journal à voir) au lieu de *newspaper* (journal d'actualité) afin de désigner les quotidiens qui répondent à cette attente.

Pour l'audiovisuel, le choc n'est pas moindre. Là encore, Internet offre une diffusion vers la terre entière, mais ce gain d'influence dans l'espace se paye d'un moindre contrôle du temps. Tout évolue selon la prédiction faite, en 1995, par Nicholas Negroponte, fondateur du laboratoire des Médias au MIT : « La technologie suggère qu'à la possible exception du sport et des soirées d'élections, la télévision et la radio du futur seront acheminées de façon asynchrone. » Radios et télévisions en ligne offrent aussi bien la diffusion en direct que des bulletins d'information et des programmes qui débutent à volonté. C'est la fin de l'audience, cette écoute collective qui fonde la retransmission des événements et la présentation des nouvelles en direct.

L'erreur serait de croire qu'Internet se contente de dépouiller ainsi chaque média de ce qu'il possède d'unique, ôtant à l'écrit le monopole du texte, et aux médias audiovisuels le synchronisme de l'écoute pour privilégier son propre flux, multiple, réactif, interactif. Le régime d'Internet est bien pire : il érode la concurrence entre les formes de journalisme, qu'il s'agisse d'écrit, d'audiovisuel et a fortiori de presse en ligne. Il balaie les définitions étroites du passé : la radio annonce la nouvelle, la télévision la montre, le quotidien la met en perspective… D'un site l'autre, tous les contenus défilent sur le même réseau, avec un label unique : disponible en ligne. Sur l'écran, les spécificités de chaque presse deviennent de simples variations d'une seule expérience, le journalisme diffusé par Internet.

L'autre monde

Qu'une métaphore désigne Internet comme un univers virtuel n'allège en rien l'obligation neuve et bien réelle des journalistes. Ils suivent la marche du monde ; mais désormais, il existe deux mondes : le réel et le cyberespace. Le second est apparu de manière explosive : entre 1993 et 1997, le nombre des sites passe de 250 à 2 450 000 ; entreprises, institutions, associations, individus deviennent des médias en ligne. Le défi qu'Internet lance à la presse tient moins à l'invention d'un média ou à l'apparition d'un nouveau support qu'à cette prolifération soudaine de communication dont il faut rendre compte.

Lors de la création des premiers journaux modernes, la presse rapportait l'activité des élites politiques, financières, universitaires, culturelles, etc.

Les progrès de la démocratie, la montée des niveaux de vie et la diffusion d'une culture de masse ont poussé à ajouter à ce premier travail un suivi de la vie des sociétés, de l'évolution des savoirs et de la chronique des faits les plus divers. La création d'Internet n'invalide pas ces approches, mais oblige à les compléter d'une troisième démarche : rendre compte d'une société de l'information qui explose sur le réseau mondial et ne se confond pas avec les élites ou avec la société tout court.

Il s'agit d'une dimension si neuve du journalisme – informer sur l'information – qu'elle passe souvent inaperçue. Mais elle a façonné les sites d'information dès leur création survenue pour l'essentiel en 1996 et 1997. Cette contrainte exercée sur une culture neuve est parfaitement établie par une étude menée au sein même des premiers sites en train de se créer aux Etats-Unis. L'objectif de ce travail était de suivre comment des équipes passaient de la mise en ligne de textes préparés au sein de rédactions classiques à l'exercice d'un journalisme propre à Internet. La conclusion de l'auteur, Pablo Boczowski, professeur en organisation à l'Institut de technologie du Massachusetts, est qu'il n'y a pas eu transition mais rupture. Tenue de suivre et de produire l'information en ligne, la rédaction doit se tourner vers une autre culture où « la nouvelle elle-même semble changer en passant de l'encre sur le papier au pixel sur l'écran ».

Un journal, relève l'universitaire, est bâti autour d'un groupe de professionnels de la presse qui recueillent des informations hors de la rédaction, dans la société, pour les mettre en forme et les publier. En revanche, une rédaction en ligne vit de façon constante comme un groupe producteur d'informations dans un environnement où la production des nouvelles est l'affaire d'une multiplicité d'autres groupes qui appartiennent ou non à la presse. « Plutôt que de naître pour l'essentiel d'échanges entre les journalistes et leurs sources, et de négociations entre les journalistes et les rédacteurs en chef, constate Pablo Boczowski, les nouvelles en ligne paraissent largement nourries par les relations entre les autres groupes qui peuplent de façon croissante le monde de l'information. »

Cette différence évoque, bien sûr, les deux données classiques de l'espionnage : *Humint* (*Human Intelligence*), l'information collectée par des espions au contact d'êtres humains, et *Sigint* (*Signal Intelligence*), celle obtenue par interception de communications. Même avec un contenu similaire, ces deux sources, pour le bonheur des lecteurs de John Le Carré ou de Tom Clancy, offrent des perspectives distinctes. Entre rédactions en ligne et hors ligne, l'écart de vision n'a jamais été aussi marqué, mais il arrive encore qu'un pionnier de la presse en ligne laisse percer un étonnement rétrospectif devant la veille qu'il a dû exercer : « J'ai rêvé d'être journaliste et j'ai passé dix heures par jour face à un écran. »

Un média comme Internet, que l'audience, la concurrence, les sources d'information utilisent en continu pour rivaliser avec la presse, voire la démentir, impose en effet de surveiller à chaque instant le flux global de la communication. Les rédactions des sites ont été les premières à le mesurer puisqu'elles nourrissaient ce média, mais l'ensemble de la presse n'a pas tardé à éprouver les contraintes qu'impose un réseau ouvert fonctionnant en continu : accélération incessante du flux de l'information et concurrence sans limites. En 2002, dans un manifeste éthique qui a secoué les journalistes du monde entier, deux Américains, Bill Kovach et Tom Rosenstiel, dressaient un réquisitoire contre des dérives récentes de leur métier où l'on retrouvait les effets induits de l'existence d'Internet. Les cinq traits négatifs qu'ils déplorent dans le paysage médiatique sont en effet tous créés ou bonifiés par le nouveau média : développement d'un cycle ininterrompu de l'information, montée du pouvoir des sources face à celui des journalistes, possibilité ouverte à tous de diffuser de l'information, progrès de la polémique au détriment de l'information, gonflement de sujets chocs pour rassembler une audience dispersée entre les médias.

Pourtant, tous supports confondus, les journalistes ne peuvent se passer d'Internet. Dès la fin des années quatre-vingt-dix, les rédactions créaient pour leur usage interne des guides du réseau avec des listes de sites. Un tel outil, devenu banal dans les rédactions poursuivant une politique de qualité, n'avait pas été façonné pour aider à l'écoute de la radio ou de la télévision. Il est vrai qu'Internet est souvent la seule visite hors de la rédaction qu'ont le temps de faire les plus sédentaires des journalistes, les patrons.

L'opinion publique, explique Walter Lippman, dans son indémodable ouvrage au titre éponyme de 1922, est façonnée par une presse dont les responsables, faute de tout voir par eux-mêmes, utilisent les *stéréotypes* de leur culture afin de décider ce qu'il convient de publier sur des lieux qu'ils n'ont jamais visités ou des problèmes qu'ils n'ont pas étudiés.

L'actualité est si riche, justifie-t-il de façon convaincante, que « sans des stéréotypes, sans des jugements de routine, sans un mépris assez brutal de la subtilité, le rédacteur en chef mourrait rapidement d'un surrégime ». Internet s'installe comme un pourvoyeur de stéréotypes définitifs. Il permet un changement de sites à partir d'un fauteuil de direction, avec un simple clic de l'index. Mieux, toute la rédaction peut user des mêmes sources que son patron. Mais un paradoxe en découle : les journalistes informant sur le monde réel puisent stéréotypes et références dans le monde virtuel. La presse est écartelée entre deux mondes.

Indigènes et immigrants

La fracture provoquée par l'arrivée d'un média neuf n'est pas un inconfort inédit. Victor Hugo l'évoque dans *Notre-Dame de Paris* avec son portrait de l'archidiacre Dom Claude tenant un commentaire des *Epîtres* imprimé à Nuremberg en 1474. « C'était, écrit-il, l'effroi du sacerdoce devant un agent nouveau, l'imprimerie. C'était l'épouvante et l'éblouissement de l'homme du sanctuaire devant la presse lumineuse de Gutenberg. C'était la chaire et le manuscrit, la parole parlée et la parole écrite, s'alarmant de la parole imprimée… »

Internet génère aujourd'hui des ferveurs analogues. Nul ne s'y attarde faute d'un Victor Hugo du numérique pour les raconter. Mais ceux qui développent le média neuf restent effarés d'entendre ses hérauts annoncer « les journaux sont morts, il faut encore que le cadavre refroidisse pour qu'on s'en rende compte » ou de lire, dans un rapport à l'autorité reconnue, que les sites d'information sont « une morgue pour les dépêches des agences de presse, du matériel de seconde main et des articles recyclés des journaux du matin ». Aucun média n'est promis à l'un ou l'autre sort. La presse, tous médias confondus, va plus simplement se rebâtir ou se bâtir en fonction de réalités devenues incontournables : le primat d'Internet ; l'obligation pour un média d'organiser sa présence sur le réseau ; et, enfin, la coexistence de deux mondes, réel et virtuel, que les journalistes doivent couvrir. Voilà le nouveau régime de la presse au temps du numérique.

Et pas question de se cacher en exil : il n'y a pas d'autre régime. C'est le constat que fait, dès 1995, Rupert Murdoch, président de News Corporation, et seul entrepreneur de la communication qui puisse revendiquer d'engager son patrimoine sur tous les médias et presque tous les continents. Au moment de parler à une audience de patrons de ses rédactions, celui qui avait d'abord raillé le futur d'Internet se décrit en ces termes : « Je suis un immigrant du numérique. » Et d'expliquer : « Je n'ai pas vécu mon sevrage sur Internet ni été câliné sur un ordinateur. Au lieu de cela, j'ai grandi dans un monde fortement centralisé où les nouvelles et l'information étaient étroitement contrôlées par quelques rédacteurs en chef qui jugeaient de ce que nous pouvions et devions savoir. »

Le journalisme des temps numériques est à l'opposé : décentralisé, interactif, ouvert, innovant. On y respire un autre air. Peut-être parce que beaucoup de journalistes en ligne, par leur âge et leur formation, sont, eux, des indigènes du numérique. Sûrement parce qu'il est impossible de diffuser des informations vers Internet, les Palms et les supports électroniques nomades sans donner la main à l'utilisateur. Ce nouvel univers est celui de messages instantanés, d'une communication en tout lieu et à tout moment dans un paysage proliférant et morcelé entre terminaux d'ordinateurs, consoles de jeux, assistants personnels intelligents, téléphones portables, mais aussi davantage de magazines, de chaînes de télévision et de radio qu'il n'en a jamais existé.

La presse n'a pas sombré, au contraire, avec la première vague d'Internet, celle qui a modifié l'économie des services (bourse, banque, voyage, vente par correspondance, etc.) et créé des champs nouveaux comme les enchères ou précisément l'information en ligne. Avec la généralisation des connexions haut débit démarre aussi ce que l'on nomme souvent « Internet 2.0 », une nouvelle vague de créations ou de redéfinitions d'activités qui s'appuie sur la possibilité d'un partage de technologies, de données, comme des films ou des stocks d'images, et d'un intense trafic où chacun puise dans tout ce qui se trouve sur Internet pour nourrir son site. Internet peut d'autant plus élargir son influence que, selon une étude menée par l'université UCLA dans quatorze pays, c'est le premier média qui parvienne à entamer le temps consacré à la télévision, inversant par là une tendance haussière universelle depuis quatre décennies.

Que sera la presse, et que sera la presse en ligne dans un monde où Internet repousse ses limites au point d'être partout disponible, sans souci de connexion ou de vitesse du débit ? Des réponses neuves seront données à ces questions sans que les immigrants comme Rupert Murdoch exportent à nouveau leurs contenus ou leurs marques depuis d'autres médias vers Internet pour façonner une presse. Cette fois, il s'agit de bâtir un univers de l'information qui soit naturel pour les indigènes du numérique. Aucun support n'est exclu, mais rien ne garantit que la presse maintienne un rôle de médiateur obligé entre l'audience et l'information. Il n'est pas même certain que ses spécificités restent significatives dans le furieux bouillon de la communication. Bill Clinton, qui a littéralement vu émerger Internet sous sa présidence aux Etats-Unis et qui a élaboré la première politique de promotion de ce média, rédige d'ailleurs un avis de décès des différences dans ses mémoires : « Les lignes de partage, note-t-il, entre presse traditionnelle, journaux à sensation, publications partisanes, débats politiques à la télévision et à la radio sont en passe d'être effacées. »

La frontière entre les médias est devenue si ténue que la chaleur du débat partisan suffit à la faire fondre. Deux attitudes sont dès lors envisageables. La première, la plus courante, est la dénonciation hautaine de la mauvaise pente suivie par les médias de presse avec la confusion entre les programmes d'information et de variétés, la prolifération des sujets frivoles et l'apparition de journaux distribués à la façon de prospectus. « Médiocrité et médias, il faut le rappeler, sont des termes issus de la même racine latine », relève l'écrivain Nick Toshes.

L'autre attitude, la nôtre, repose au contraire sur la conviction que le journalisme, touché par la diffusion des technologies numériques avec Internet au premier rang, n'a pas traîné pour se réinventer. Et que naturellement, il l'a fait d'abord là où il est tenu d'innover : en ligne. Les sites d'information sont les premières réponses, maladroites cela va de soi, aux attentes neuves des indigènes du numérique. Mais ces réponses parlent avec éloquence de l'avenir de la presse. En ligne et ailleurs.

2. Le navigateur roi

Il faut se défier des dates. « Une histoire, estime le romancier Graham Greene, n'a ni début ni fin ; on choisit arbitrairement un moment dans une expérience pour regarder vers le passé ou le futur. » L'histoire du journalisme en ligne, dont rien ne promet pour le moment la fin, ne manque pas de débuts. D'un côté à l'autre de l'Atlantique, selon que l'on s'attache à la création du réseau *Arpanet*, tissé entre des universités du nord de la Californie, ou bien à celle du réseau *World Wide Web*, promu par les physiciens du Centre d'études et de recherche nucléaire à Genève, se réalise en deux journées distinctes de 1990 le premier maillage du média qui aujourd'hui dessert la terre entière.

Prendre pour point de départ le premier contenu de presse payant placé en ligne incite à retenir plutôt la Californie, avec la parution d'une édition électronique du *Palo Alto Weekly*, le 19 janvier 1994. Mais l'honnêteté suppose, sans quitter la Silicon Valley, de préférer la réunion informelle de deux hommes autour d'une tasse de café, un peu à l'est, à Mountain View. Jim Clark, un ingénieur presque cinquantenaire, alors PDG de Silicon Graphics, se confie à un ami dans sa cuisine. Il est en passe d'échouer dans un projet qu'il a fait sien depuis plusieurs années : la fabrication du *Telecomputer*, ordinateur personnel de masse destiné à remplacer le cinéma, la radio, la presse et les bibliothèques, tout en prenant la place du téléviseur dans les cuisines américaines.

« Ce machin est trop en avance sur son temps, j'abandonne », dit-il. Mais ce renoncement le laisse avec des capitaux disponibles ; il cherche un projet. Marc Andreesen, son ami, hésite à lui souffler une idée : lui-même ingénieur, il a créé, au sein de l'université de l'Illinois, *Mosaic*, un outil permettant de consulter le nouveau réseau Internet. Mais cela lui paraît lent, peu commode, triste. Il ne voit pas « comment on pourrait monter une entreprise autour d'Internet ». Clark n'est pas de cet avis. Pour lui, une seule chose compte en ce début d'année 1994 : malgré les obstacles techniques, 25 millions de personnes se connectent déjà sur le réseau. Et le marché potentiel est facile à calculer : toute personne sachant lire et disposant d'un ordinateur. Le 15 décembre 1994, *Netscape 1.0*, premier navigateur d'Internet, est en circulation.

Avec *Netscape*, la presse change de nature en arrivant sur Internet. Ce qui aurait pu être l'ajout d'un nouveau support, donc l'histoire d'un contenu livré sur un écran d'ordinateur plutôt que sur celui de la télévision ou sur les ondes radio ou le papier, devient une navigation neuve dans l'information. *Mosaic*, seul outil disponible jusque-là, permettait de trouver des pages sur le réseau par saisie de leur adresse, une somme de lettres et de chiffres débutant par *http://* qui est l'amorce de l'URL (*Uniform Resource*

Locator), autant dire un paquet de signes abscons. Changer de page impliquait de connaître l'adresse de la page suivante. Internet avait la raideur efficace d'une base de données où l'on trouve tout à condition d'avoir le code. *Netscape* fait d'Internet un média pour la presse. Mieux : un média disposant d'atouts jamais vus.

Un navigateur permet de ne pas s'en tenir aux adresses et d'utiliser des liens inscrits dans les pages elles-mêmes pour passer de site en site, sauter de page en page, et aller d'élément en élément. Quand les autres supports de presse proposent seulement de tourner des feuilles ou de changer de chaîne, Internet offre l'ivresse du double déplacement : naviguer de page en page ou surfer de lien en lien. Jim Clark pensait créer une entreprise, il a ouvert un univers, le cyberespace, où une infinité de chemins existent dans l'information. Pour le journalisme, un nouvel âge débute.

De l'audience au réseau

Le slogan du film *Alien* résume bien la problématique neuve de la presse électronique : « Dans l'espace, menace-t-il, personne ne vous entend crier. » De même, dans le cyberespace, nul ne sait qu'un journaliste diffuse un contenu rédactionnel. Pour l'éditeur d'un site d'information, la tâche première, essentielle, obsessionnelle est donc de recevoir puis de répéter les visites de ceux qui naviguent ou surfent dans ce cyberespace où nul ne sait crier pour annoncer du contenu en ligne. De là, l'essence de ce travail au quotidien : surveiller les chemins d'entrée – d'où viennent les visiteurs ? – et aussi les chemins de sortie – où vont-ils ? Sur Internet, un site est moins une destination qu'une étape : la fluidité du trafic détermine le succès.

Les mots, ici, ont leur importance. Les professionnels d'Internet ont d'abord eu recours à trois familles de terminologie pour décrire leur activité : celle du fret (*shipping*) a été majoritairement utilisée par les ingénieurs ; la presse, un temps, a promu son vocabulaire de la publication (*publishing*) pour mettre en avant les pages, l'auteur, l'écrit ; mais des métaphores spatiales se sont vite imposées d'elles-mêmes. Elles parlent de route, adresse, site, visiteur, etc. Les sites d'information sur Internet auraient pu garder la terminologie de leur média d'origine et bâtir un univers autour de l'idée de la publication ou de la diffusion. Ce sont pourtant ces mots racontant le mouvement dans l'espace qui partout, chaque jour, décrivent les chemins empruntés par les internautes.

Radio et télévision mesurent leur efficacité par l'audience que recrute un programme. La presse écrite décompte la population qui achète ses publications et estime celle qui les lit. Parfois, pour mieux connaître les ressorts de leur négoce, les éditeurs de ces médias vont plus loin et, minute par minute, page par page, comptabilisent ce qui est lu, vu, entendu par l'audience. Le contenu est leur référence ultime : quelle audience face à quel contenu ? Sur Internet, la référence de la presse est le trafic : quels itinéraires sont dessinés par l'audience sur le réseau des pages et des liens qui relient ces pages ? Il faut les connaître pour en tirer parti, tant au plan rédactionnel que publicitaire, et pour tenter aussi d'en bâtir de plus efficaces.

En théorie, l'affaire n'est pas neuve. Il s'agit de problèmes que les mathématiques étudient sous le nom de graphes depuis 1736. Le mathématicien Leonhard Euler voulait alors déterminer s'il était possible de réaliser une promenade dans Königsberg en empruntant une seule fois chacun des sept ponts de cette ville de Prusse. La réponse négative a fondé la « théorie des graphes ». Elle s'élargit désormais avec un regain de vitalité, Internet oblige, dans une version communément appelée la « théorie des réseaux » qui traite de la propagation d'une action, par exemple la recherche du bon interlocuteur ou la circulation d'un virus dans une population de personnes ou d'ordinateurs.

Bien sûr, en pratique tout se complique : Königsberg comptait sept ponts qui ne changeaient pas de place, alors qu'un éditeur surveille souvent un système dynamique de centaines de milliers de pages reliées par des millions de liens permettant des visites qui se comptent chaque mois par millions. Des programmes spécifiques, comme *XITI*, enregistrent et agrègent les déplacements des internautes sur chaque site afin de produire un océan de chiffres dont l'étude quotidienne compte davantage que les réflexions sur le contenu. Internet est bien une nouvelle presse, ce qui explique les échecs de médias reconnus débarquant en ligne avec pour seul argument un contenu de qualité – l'hebdomadaire *Time* par exemple, inventeur du « newsmagazine » et qui en demeure sa plus puissante expression, tâtonne en cherchant le chemin du succès sur Internet.

Rejeter les convictions acquises dans l'écrit et l'audiovisuel n'est pas aisé. Mais, ensuite, tout devient plus simple puisque ce nouveau média est régi par ce que l'on pourrait appeler la loi des quatre chemins : un visiteur utilise fondamentalement quatre types d'itinéraires pour se rendre sur un site. Quatre et pas plus car le nombre est négligeable de ceux qui s'imposent d'écrire eux-mêmes l'adresse URL, cet *http://* suivi de lettres et de chiffres qui est, en théorie, le cinquième itinéraire.

Le premier chemin consiste pour un internaute à utiliser les sites favoris répertoriés dans son navigateur. Figurer ainsi parmi les favoris est l'objectif de tout site Internet. Chaque internaute peut choisir un nombre illimité de sites, mais les études montrent que chacun retient en moyenne cinq sites. Une fois choisis, les favoris forment les étapes d'un parcours qui se modifie peu. Une tentative du site du quotidien espagnol *El País* l'illustre. Fréquenté par une large audience, il décide d'être accessible seulement par abonnement fin 2002. Beaucoup d'internautes, pour ne pas payer, l'ôtent alors de la liste de leurs favoris. Lors des attentats terroristes de Madrid, en 2004, le site redevient gratuit et libre d'accès, une semaine durant. Il l'annonce par une campagne de publicité. Le moment a beau correspondre à une surconsommation d'information en Espagne, l'audience en ligne augmente peu : le site n'est plus sur la liste des favoris et cette absence n'a pas de remède à sa mesure.

Le deuxième chemin relève d'une action dynamique : ne pas se limiter à recevoir la visite de l'internaute mais émettre vers sa boîte de courrier électronique un e-mail ou une newsletter. Cette méthode explique que les sites proposent à l'audience de lui envoyer des newsletters gratuites, souvent plusieurs fois par jour. L'internaute qui accepte confie son adresse au site. La newsletter qu'on lui expédie contient un ou plusieurs liens qui, s'ils sont actionnés, mènent l'internaute sur une page du site. La méthode est efficace, mais l'utiliser se révèle chaque jour moins aisé car les *spams* (envois sauvages) saturent les boîtes de courrier. Etonnamment, les newsletters survivent à ces difficultés dans une sorte d'autonomie : elles sont désormais une publication en soi, originale, éditée avec soin et qui prend place au côté des pages du site parmi les contenus que prépare sa rédaction.

Le troisième chemin, non autonome, suppose d'obtenir qu'un autre site, partenaire ou fournisseur rétribué, place sur son site un lien analogue à celui glissé dans une newsletter. Internet, qui s'est développé dans une forme d'entraide complice, abonde en accords non rétribués où deux sites s'épaulent ainsi l'un l'autre avec l'espoir de chacun que le visiteur nouveau venu sera séduit et répètera sa visite. Et les internautes réalisent eux aussi la même opération sur des sites communautaires en partageant leurs listes de sites favoris, ou en invitant leurs amis à visiter les sites où ils placent leurs images, leurs vidéos, leurs musiques.

Cette action n'est pas toujours sollicitée. Elle peut être le fait d'un internaute qui envoie spontanément le lien par courrier à un proche. Cette méthode explique la jalousie provoquée par les grandes attaques de virus dans l'univers électronique : *Melissa, I Love You, Anna Kournikova*, etc. Chaque fois, tandis que la presse dénonce un méfait, il se trouve un éditeur en ligne pour rêver : si, au lieu de propager un programme destructeur, ces virus contenaient la promotion d'un site, le problème de faire entendre un cri dans le cyberespace serait résolu. Réflexion symptomatique : la presse en ligne ne se voit pas, comme les autres supports, avec un contenu face à une audience, mais bien en train de gérer du trafic sur un réseau. Au demeurant, si elle oubliait cette réalité, l'importance du dernier chemin utilisé par les internautes serait là pour le lui rappeler : le recours aux moteurs de recherche est désormais généralisé.

Le quatrième chemin

Le recensement des trois premiers itinéraires est vite fait : les favoris ne changent guère, l'envoi par courrier électronique est parasité, la fourniture d'un lien par un tiers demeure aléatoire ; reste le quatrième chemin, l'emploi d'un moteur de recherche. S'informer revient souvent pour un internaute à soumettre à ce moteur un ou des mots-clés entendus, lus ou vus dans un média ou une conversation. Le moteur utilise alors un algorithme, une succession d'opérations simples faites dans un ordre donné : recherche du mot-clé dans les pages, consultation d'une liste de sites établie au préalable, quête de mots proches du mot-clé dans des dictionnaires, copie du résultat de recherches similaires, etc. Au bout du compte, le moteur livre sa réponse sous forme d'une liste de liens menant vers des pages qui donnent l'information sur Internet.

Le plus utilisé des moteurs est *Google*. C'est un algorithme puissant et universel. Un écolier perdu dans ses devoirs, un chercheur en quête de références ou un touriste en mal de destination l'interrogent à l'identique : ils « google-isent », ou « se font un *Google* ». En France, ce moteur est la page d'accueil de plus d'un tiers des ordinateurs connectés dans les foyers, et il prend en charge 78 % des recherches. Aux Etats-Unis, sa part de marché est moindre, même s'il reste leader : 37 à 47 % des recherches, selon les sources, dans un pays où 84 % des internautes utilisent régulièrement un moteur.

Google amène aux sites d'information l'essentiel de leurs nouveaux visiteurs. Pour les sites peu présents dans les listes de favoris, ce moteur représente près de 40 % des visites quotidiennes contre 15 % pour un grand site. Mais pour tous, c'est le levier de croissance le plus efficace. Au point qu'une partie du travail d'un site consiste à influencer l'algorithme de *Google* pour obtenir une meilleure position sur la liste des liens. Ce travail est parfois réalisé par des militants qui veulent afficher leur opinion. Ainsi, durant quelques heures taper le mot « voyou » entraînait comme premier lien un site traitant du président français Jacques Chirac. « *Miserable failure* » (misérable défaillance) menait de même à une biographie de George W. Bush, son homologue américain.

En termes de métier il s'agit d'un « bombardement sur *Google* », exactement ce que veillent à éviter les sites d'information qui font la même chose mais en douceur afin, quel que soit le mot choisi dans l'actualité, d'apparaître en tête de la liste des liens. Pages encapsulées dans des pages, mots écrits en blanc sur fond blanc invisibles pour l'internaute mais pas pour le moteur, pages à l'architecture simulée : la liste des astuces n'est jamais close pour générer une bonne indexation du site dans *Google* qui, de son côté, ne manque pas de défendre la neutralité de son algorithme. L'intérêt porté au moteur n'en proclame pas moins la vérité qui s'applique à tous les sites, y compris ceux de la presse en ligne : l'information présente sur Internet est moins importante que les liens qui permettent de la trouver.

Créé par deux étudiants de l'université de Stanford, Larry Page et Sergey Brin, *Google* doit son nom à un néologisme forgé à partir du mot « googol ». En 1938, le mathématicien américain Edward Kasner avait demandé à son neveu d'inventer un nom pour désigner le nombre composé du chiffre 1 suivi de 100 zéros ; il s'était vu proposer « googol » par le garçon de huit ans. Dès le début, *Google* parie sur l'ampleur du champ qu'il prétend couvrir. Il se fixe pour mission de dominer toute l'information disponible sur Internet. Il y parvient au-delà de toutes ses espérances : 56 % des recherches faites sur Internet dans le monde au début de l'année 2005 utilisent ce moteur. Il répertorie, à la même date, plus de huit milliards de pages, avant même d'étendre son effort à la réalisation d'une bibliothèque et d'une vidéothèque universelles.

Tout moteur de recherche affronte une alternative au moment de sa conception. Soit privilégier la pertinence : la fiabilité du résultat par rapport à la demande de l'utilisateur ; soit préférer la performance : la rapidité dans la proposition de solutions. Dès l'origine, *Google* a fait un choix opposé à celui des moteurs de recherche documentaire utilisés jusque-là par les professionnels : à la qualité, il a préféré la performance, affichant aujourd'hui encore le temps nécessaire pour trouver les liens. Faut-il préciser que ce temps est souvent inférieur à la seconde ?

Le pari n'était pas anodin : le choix de la pertinence aurait fait payer sa recherche à l'internaute par une attente de plusieurs minutes. En mettant l'accent sur la performance, *Google* est devenu un navigateur en soi, un outil utilisé pour le passage immédiat vers une autre page du réseau. Au fur et à mesure que le haut débit se développe, de nombreux internautes utilisent d'ailleurs *Google* plutôt que d'enregistrer un site parmi leurs favoris. Le quatrième chemin empiète désormais sur le premier.

D'autant plus que le moteur de recherche n'a cessé d'améliorer sa pertinence. Il offre des réponses changeantes, capables d'affronter la complexité sans en faire quelque chose de forcément compliqué. *Google* rend la tâche de l'internaute la plus simple possible, en faisant entrer tout l'univers dans le rectangle blanc d'un espace de saisie où il tape quelques mots. Pour les sites d'information, il y a là une formidable concurrence : l'accès à l'information est plus facile et plus personnalisé que sur tout autre média, et même sur tout autre site. Il constitue de plus une autre forme de navigation, non pas entre les pages ou entre les liens qui peuvent y figurer, mais entre les mots que le moteur a choisi de retenir.

Le cyberespace où se trouvent les sites d'information ressemble ainsi de plus en plus à un jeu vidéo, et surtout à l'un des premiers d'entre eux, *Super Mario*. Tel le petit bonhomme qui a longtemps régné sur la

Game Boy, l'internaute va son chemin, essaie de nouveaux endroits, se trompe, revient en arrière, sans cesser, toujours, d'aller plus loin. Tel un jeu vidéo, Internet ramène les trois dimensions de l'espace aux deux dimensions de l'écran. Pour les enfants qui ont utilisé très jeunes des jeux vidéo, une évidente similitude apparaît entre l'univers de l'information et celui du jeu.

Les adultes s'amusent aussi, à leur façon : Dave Gorman, un mathématicien britannique, a tiré une pièce de théâtre, un livre et une série télévisée de son *Googlewhack*, récit de ses aventures à la recherche de 54 autres Dave Gorman repérés grâce à *Google*. Mais quand il s'agit de l'information, pour les journalistes en ligne, le moteur de recherche ne fait plus sourire. C'est un concurrent qui s'emploie avec succès à changer le journalisme.

Algorithme, mon semblable, mon frère

Pour être honnête, au moment de s'adresser à l'audience, le journalisme sur Internet n'est déjà plus la seule affaire des journalistes. Aucun site d'information ne reçoit autant de visites en France que *Google News* ou *Yahoo ! News,* des pages qui offrent aux francophones les nouvelles du jour sans l'aide d'aucun journaliste. Pour être même tout à fait franc, en fait de nouvelles, il s'agit de l'écho des nouvelles. De la liste des informations les plus présentes sur le réseau, ce qui constitue une différence de degré : plutôt qu'un recensement des faits à signaler dans le monde, c'est un relevé de la représentation médiatique de ces faits qui est proposé. Et l'audience, en France comme ailleurs, trouve cela épatant.

Internet a contesté d'emblée la hiérarchie des informations que les journalistes établissent avec les titres qui font la une des quotidiens ou l'ouverture des journaux de radio et de télévision. L'idée qu'il existe une attente partagée de ces « gros titres » est balayée par le succès de listes composées de façon automatique. Sur tous les sites, mêmes ceux créés à l'origine par des médias de qualité, les internautes se tournent sans modération vers une présentation de l'information sous forme de classements : contenu le plus présent, le plus récemment mis en ligne, le plus consulté, le plus recommandé par l'audience, le plus renvoyé par e-mail, le plus commenté par l'audience, etc.

Ces listes gérées par un ordinateur instaurent un journalisme de palmarès. Elles sont en empathie avec une évolution où l'encre fluorescente du surligneur passée sur un texte remplace les notes de synthèse. La formulation de l'essentiel s'efface devant la distinction du meilleur. La culture du *best of* s'installe ainsi dans les sites d'information et avec elle la présence d'algorithmes. Ceux de *Google News* ou *Yahoo ! News,* qui se limitent à recenser la fréquence des informations sur le réseau, auront été des éclaireurs. La génération qui les suit va au-delà de ce comptage pour choisir les nouvelles que consulteront les internautes. Dans d'autres domaines déjà, les choix appartiennent à des algorithmes. Le conducteur d'une automobile confie au navigateur GPS les coups de volant à donner sur un itinéraire. Le mélomane accepte que son iPod en position *shuffle* sélectionne le prochain morceau que diffuseront ses écouteurs.

Ni l'un ni l'autre n'a de raison de tenir le monde de l'information pour si particulier qu'ils doivent y choisir les nouvelles.

Le pionnier des algorithmes de choix est une grande surface en ligne : *Amazon*. Créé en 1994, ce magasin souffrait de l'absence de l'achat d'impulsion, l'acquisition imprévue déclenchée par la vision d'un objet, qui peut représenter plus du tiers du chiffre d'affaires des grandes surfaces culturelles. De cette lacune, *Amazon* a fait une force en développant un algorithme de recommandation automatique nourri des données de chaque utilisateur. Lors de chaque achat il propose d'autres achats, soit proches du produit acquis, soit cohérents avec l'ensemble des biens déjà achetés. La réaction d'impulsion se produit en réaction au calcul d'une machine et non à la vue d'un objet.

La télévision américaine a connu une évolution identique avec l'apparition de *Tivo* en 1999. Ce décodeur-enregistreur numérique est à la fois un ordinateur et un graveur de programmes. Symbolisé par le pictogramme d'un poste de télévision souriant, il fait des suggestions aux téléspectateurs. *Tivo* gère en fait des profils d'utilisation. Les téléspectateurs indiquent au départ leurs centres d'intérêt ou les émissions qui retiennent leur attention. *Tivo* les enregistre. En allumant son poste, l'utilisateur dispose donc d'un menu fait de ce qui l'intéresse. Mais *Tivo* apprend avec l'expérience : son algorithme modifie les propositions en fonction de ce qui est réellement regardé par le téléspectateur. Peu à peu, son programme se confond avec les goûts de l'utilisateur.

Tivo a connu des débuts discrets, mais les observateurs ont relevé très tôt que ceux qui l'adoptent ne l'abandonnent plus. Ce sont des téléspectateurs qui changent d'univers. Désormais, *Tivo* prend de l'ampleur. Début 2005, 3,6 millions de foyers américains l'ont adopté. Pour les adolescents qui ont été initiés, il n'y a plus de télévision visible sans cet outil de choix des programmes. Comme le relève la petite héroïne du film de Spielberg, *La Guerre des mondes*, lorsque son père lui demande de regarder la télévision : « Sans *Tivo*, on va vraiment s'ennuyer. »

Dans le domaine de l'information en ligne, c'est évidemment en fin de chaîne que l'algorithme s'installe aux dépens du journaliste qui s'adressait à l'audience. L'éditeur qui bâtit le sommaire, le rédacteur préparant une page d'accueil sont écartés par les programmes comme *Topix* ou *Findory* qui sont rodés aux Etats-Unis avant de s'étendre hors de la langue anglaise. Tous automatisent la préparation de sommaires bâtis selon les critères d'un utilisateur.

Topix, créé en 2002, était déjà un succès deux années plus tard. En 2005, il est la 23e source d'information des Etats-Unis, avec deux millions de visiteurs uniques, en progression de 297 % par rapport à l'année précédente. Il explore en permanence plus de dix mille sites d'information et en extrait les contenus pertinents afin de mettre à jour trois cent mille pages qui sont autant de sujets traités. « Plutôt que de s'en remettre à des éditeurs humains pour cette tâche, explique-t-on aux nouveaux internautes, *Topix* utilise sa propre technologie. »

Avec, pour le moment, trente mille pages sur autant de villes et près de cinquante mille pages consacrées à des personnalités, *Topix* veut découper le réel de façon si fine que chaque internaute y trouve ses rubriques.

Findory pousse plus loin encore la proposition : l'algorithme qui sélectionne le contenu corrige la programmation initiale de l'utilisateur. Ce dernier peut se tromper en croyant être intéressé par une nouvelle, mais *Findory* sait ce qu'il a réellement regardé. Son algorithme est, de façon nullement hypocrite, ce semblable, ce frère que Baudelaire saluait autrefois dans le lecteur sans lui laisser pourtant le choix de ses propres lectures.

Greg Linden, créateur du système, applique là le modèle qu'il a contribué à bâtir pour Amazon avec le conseil personnalisé. « Aucun autre site d'actualité, dit-il, ne tire son information d'autant de sources différentes, ne suit aussi bien vos centres d'intérêt et ne vous aide à trouver aussi efficacement l'information dont vous avez besoin. Findory fournit aux lecteurs une large couverture des événements du monde en les aidant à trouver l'information pertinente dans la jungle de l'actualité quotidienne. » Ce faisant, il dresse le portrait de son algorithme en tant que parfait journaliste, mais un journaliste qui se met au service d'une seule personne à la fois.

Ce monde qui s'en va

Le scénario est déjà écrit. C'est celui d'un dénouement que craignent les responsables des entreprises de presse qui ont vu Internet envahir l'univers de l'information. Tous regardent et commentent *Epic*

2014, le musée de l'histoire des médias, un petit film d'animation disponible sur le réseau depuis la mi-2004. L'histoire finit mal pour la presse écrite, puis pour la presse tout court : l'algorithme rafle toute la mise et c'est sur Internet que l'on apprend cette sombre prédiction.

Ce chef-d'œuvre de persuasion, réalisé par Matt Thomson et Robin Sloan, met un soin extrême à expliquer comment le pouvoir d'informer échappe aux médias traditionnels pour tomber entre les mains de ceux qui contrôlent la navigation et ses paramètres sur Internet. La force du montage tient à la fiction de son statut : il se présente comme un document égaré dans un musée et retrouvé au milieu du XXIᵉ siècle. Le récit d'une lutte amorcée en 1989 et qui paraît déjà oubliée. Elle s'est soldée, en 2014, par la victoire totale des acteurs numériques. A cette date, *The New York Times*, le journal le plus prestigieux du monde, sort du marché. Il cesse d'être un journal d'information de large diffusion pour devenir une lettre professionnelle sur papier « réservée à l'élite et aux plus âgés ».

Depuis le début du XXIᵉ siècle, les prévisionnistes diffusent un pessimisme crépusculaire à l'égard des journaux. Ted Turner, fondateur de la chaîne d'information en continu CNN, prédisait dès 1991 la fin des journaux imprimés pour… 2001. Le président du *New York Times*, Arthur Sulzberger Jr., s'en amusait d'ailleurs lors d'une conférence tenue un an après la date fatidique, tout comme il revenait sur d'autres prévisions : celle de l'auteur de *Jurassic Park*, Michael Crichton, qui, en 1993, décrivait les journaux comme « la prochaine espèce disparue », ou d'un dirigeant de Microsoft pour qui les journaux cesseraient de paraître en 2018, et qui, rencontrant des éditeurs de presse, les saluait d'un « je vois des morts partout autour de moi ».

La prévision américaine la plus récente est tout aussi pessimiste, même si elle repousse l'horizon. Philip Meyer, auteur du *Vanishing Newspaper* (le quotidien qui disparaît), en 2004, constate que les ventes des journaux baissent de 5 % par an aux Etats-Unis depuis 1995, et de 3 % en Europe. Il prolonge ces courbes et annonce la fin des quotidiens imprimés pour 2040 ; avril 2040, pour être précis dans cette chronique d'une mort annoncée. Le rapport du Commissariat au plan, paru en France à la mi-2005, croit à un dénouement plus rapide : fin de la presse payante en 2011.

Mais qui possède le pouvoir de parler ainsi ? On connaît la clé des scénarios catastrophe : leurs étapes doivent s'emboîter de façon naturelle pour que le dénouement apparaisse inéluctable. Bien sûr, un simple calcul statistique suffit à tout relativiser : si dix étapes se succèdent, dont chacune a un taux de probabilité de réalisation de 80 %, le dénouement n'a que 10 % de chances de survenir. Mais c'est ce qui donne sa force de conviction au film *Epic 2014*. L'essentiel des premières étapes a déjà eu lieu. Tout ce qui est raconté, entre 1989 et 2004, est déjà survenu.

Il y a la création du *World Wide Web* par Tim Berners-Lee, fin 1989 ; la naissance d'*Amazon* et de son algorithme en 1994 ; celle de *Google*, en 1998 ; celle de *Tivo* en 1999. Des années suivantes, les auteurs retiennent la création de *Blogger* par la compagnie Pyra Labs. Cet outil de publication donne les blogs. Surtout, la montée en puissance de *Google* scande l'animation : lancement, en 2002, de *Google News*, et rachat par *Google* de *Blogger* en 2003.

« 2004 passera dans l'histoire comme l'année où tout a commencé », raconte la voix grave qui commente le film. La fiction commence alors, bâtie autour de l'affrontement *Google*-Microsoft, dont les producteurs traditionnels d'information sont les victimes collatérales. Cette course aux armements s'achève avec la défaite de Microsoft. *The New York Times* se limite à une action en justice de défense de son droit de propriété sur l'information à l'encontre de *Google*. En vain. Dans ce futur imaginé, *Google* rachète *Tivo*, intègre l'ensemble de ses services autour d'une plate-forme qui propose de stocker en ligne les informations que veut garder chaque utilisateur devenu maître du niveau d'accès de ses contenus qui peuvent être totalement privés ou disponibles pour tous. « Il n'a jamais été aussi facile pour qui que ce soit de créer et de consommer ce que produisent les médias », explique le narrateur.

Quand *Google* et *Amazon* fusionnent, *Googlezon*, produit de leur alliance, met en scène « une performance inégalée dans la recherche, un moteur de recommandations personnalisées, et une énorme infrastructure commerciale ». Tous les paramètres de l'internaute sont alors entre les mains d'une seule entreprise : données géographiques, démographiques, habitudes de consommation et de fréquentation, centres d'intérêt et appartenances sociales. Lorsque des guerres de l'information éclatent en 2010, « aucun organe de presse traditionnel n'est en mesure d'y jouer un rôle ».

Tout est devenu affaire d'algorithmes que *Google* ne cesse d'améliorer, jusqu'à créer, le 9 mars 2014, l'*Evolving Personalized Information Construct* (*EPIC*, construction évolutive d'information personnalisée). *Googlezon* est désormais en mesure de produire de façon dynamique une information adaptée à chaque utilisateur, en filtrant, classant, modifiant et publiant les données de toutes origines : journaux, agences, blogs, courriers électroniques, images de téléphones portables, reportages vidéo, etc. « Pour le meilleur, conclut le commentaire, *EPIC* propose un éventail plus large, plus profond, plus divers qu'aucune autre information précédente. Pour le pire, ce n'est plus qu'une suite de faits divers. Presque tout y est faux, restreint, superficiel et sensationnel. Mais *EPIC* est ce que nous avons voulu, et son succès commercial a rendu caducs les débats sur la démocratie et l'éthique du journalisme. »

Est-ce le futur ? Sergey Brin, cofondateur de *Google*, croit que les limites de son algorithme sont « les systèmes utilisés pour y accéder aujourd'hui ». Ces écrans, claviers, connexions encore insatisfaisants qui forment l'expérience de l'internaute et qui, pour l'heure, rebutent encore les utilisateurs du papier ou les tenants de la radio ou de la télévision. L'avenir du métier de l'information se joue malgré tout sur le réseau. Son immensité et le nombre croissant de ses utilisateurs transforment les entreprises qui gèrent la navigation en géant, et celles qui produisent du contenu en nain. « Dans le domaine de l'information, *Google* est parti de zéro, mais il détient désormais l'arme nucléaire », constate Rusty Coats, un des consultants les plus reconnus d'Internet.

Produire l'information compte pour très peu : elle est partout disponible. En revanche, maîtriser sa recherche et son transfert deviennent les activités essentielles. Tout média qui s'installe en ligne se soumet à cette hiérarchie dans un jeu neuf où les hommes rivalisent avec des systèmes. Les premiers n'ont pas perdu d'avance, du moins pas tous, et les seconds ne gagneront pas tout jusqu'au bout. Car le scénario catastrophe souffre d'une faille mathématique, parfaitement démontrable. L'algorithme ne peut embrasser tout ce qu'il prétend étreindre. Il travaille dans un cadre aux limites établies par la théorie des réseaux : malgré son immensité, Internet reste un système fini où l'efficacité d'une action ne peut être uniformément répartie. L'algorithme s'installe au centre du jeu des médias mais pour ressembler à ce dictateur patriarche du romancier Gabriel García Márquez qui possède tant de pouvoir « qu'il ne sera jamais l'unique maître de sa puissance ».

3. Le contexte de l'œuvre ouverte

Les livres de souvenirs des journalistes sont des rechutes de maladie. Tenus par leur métier au rôle de témoins, leurs auteurs témoignent après coup et prouvent en général que la redondance n'est pas un genre littéraire. Inutile de s'arrêter sur les mémoires de Turner Catledge, légendaire patron de la rédaction du *New York Times* dans les années soixante, sauf lorsqu'il confie ce qui le poussa à inventer le *news analysis* (l'article d'analyse des faits) copié ensuite dans le monde entier.

C'était, reconnaît-il, une hérésie pour un quotidien fondé sur « la séparation nette entre l'information et l'opinion », mais la complexité croissante des sociétés et la sophistication accrue de la communication des politiques imposaient cet effort d'explication. L'argument convainc, mais sans donner plus d'importance à son aveu, Catledge poursuit : « La télévision était un autre facteur important, car elle donnait de plus en plus l'information brute aux gens, ce qui augmentait du même coup leur besoin d'avoir une explication. » Faute de posséder une histoire exhaustive des genres journalistiques, il est impossible de savoir s'il s'agit de la première tentative consciente de distribuer les rôles dans le concert médiatique, mais il s'agit certainement d'une préfiguration de ce qui est devenu, des décennies plus tard, le traitement multimédia d'un événement.

Longtemps, le choix d'un traitement journalistique a dépendu du seul tropisme des sociétés. La France peut ainsi revendiquer l'invention du feuilleton littéraire, qui fut jusqu'à la Seconde Guerre mondiale une manière de quintessence du journalisme dans ses quotidiens, tandis que l'entretien est une création si américaine que beaucoup de pays l'ont copié en important jusqu'au mot « interview ». C'est avec la pénétration des médias audiovisuels, et notamment de la télévision, capable de mobiliser une audience durant plusieurs heures, que la place relative des médias devient un atout pour les annonceurs publicitaires et une migraine pour les responsables de rédactions. Il ne s'agit plus de s'adresser à l'audience en fonction de ce qu'on veut lui dire, mais de ce que l'on suppose qu'elle apprend par ailleurs des autres médias.

Qu'un responsable comme Catledge, pilotant le quotidien le plus puissant du monde, ajuste son sommaire en fonction du contenu des journaux télévisés n'était en rien l'expression d'un doute sur l'influence de son journal, mais la prise en compte d'un contexte neuf où chaque média s'exprime sans jamais couvrir l'écho des autres médias. De ce point de vue, Internet n'est pas une invention mais un aboutissement : la systématisation du bruit médiatique à l'échelle planétaire.

De l'hypertexte au kit

Avant même que la technologie permette d'en envisager l'invention, un homme avait rêvé Internet : Theodor Holm Nelson, dit Ted Nelson. Sa place est acquise dans l'histoire du média électronique bien qu'il n'ait créé aucun langage, logiciel ou technologie, mais seulement un mot : « hypertexte ». Poète plus qu'ingénieur, visionnaire et en rien bâtisseur, Ted Nelson est un esprit inclassable, un rêveur dans un univers de rigueur. Alors qu'il étudiait à l'université de Harvard, il a imaginé un texte qui n'aurait ni début ni fin et serait fait de fragments que l'on pourrait librement relier entre eux. Mieux qu'un texte, c'est donc un hypertexte, que chacun rebâtit à sa façon en sélectionnant les liens reliant les seuls fragments qui l'intéressent.

Ses critiques relèvent que Ted Nelson, enfant délaissé d'un metteur en scène et d'une actrice, avait ainsi imaginé un traitement pour l'hyperactivité qui l'empêchait de fixer son attention durant sa scolarité. Sa trouvaille lui garantissait de ne rien laisser échapper puisqu'il regroupait tout. Mais loin de s'en tenir à cette intuition, il l'a développée jusqu'à influencer ceux qui ont effectivement créé Internet. Sa conférence « Ordinateurs, créativité et nature du mot écrit », prononcée en 1965, reste la première formulation du concept de l'hypertexte. Et il ne lui a pas fallu longtemps pour y ajouter la proposition de bâtir un système ayant la taille de la planète : un ensemble de documents rangés non pas séparément comme des livres sur les rayons d'une bibliothèque mais avec des connexions permettant de passer de l'un à l'autre.

Baptisé *Xanadu*, du nom du palace de Charles Foster Kane dans le film d'Orson Welles *Citizen Kane*, ce système fait de chaque personne un magnat des médias. Il offre, selon les termes de Ted Nelson, « un écran chez vous où vous pouvez voir les bibliothèques d'hypertexte du monde entier. (Le fait, ajoutait-il alors, que le monde ne possède encore aucune bibliothèque d'hypertexte est un point mineur »). *Xanadu* conserve les originaux des textes, envoie des copies, gère la circulation des versions que chacun rebâtit derrière son écran en faisant des coupes et des collages et se charge même de toucher et redistribuer les droits d'auteur.

Face à cette perfection monolithique, les failles d'Internet sont multiples. C'est un système disparate puisqu'il est fait de l'addition d'apports individuels ; c'est aussi un système incomplet car nul ne le pense dans son ensemble ; c'est enfin un système désordonné où n'existent ni lois sur le droit d'auteur ni souci de garantir la survie des informations en circulation. Ce désordre est à la mesure d'une nuance essentielle : au lieu de tout garder en un point unique, comme dans *Xanadu*, il y a sur Internet autant de lieux de stockage que de disques durs connectés au réseau : près d'un milliard. Mais ce désordre fonctionne, tandis que *Xanadu* n'a jamais vu le jour.

Ted Nelson n'en a pas moins pesé sur les débuts d'Internet : figure centrale de la conférence « Hypertext 87 », un remue-méninges théorique tenu juste avant l'invention du nouveau média, il y avait encore une fois vendu aux informaticiens son idée d'installer des liens entre des documents accessibles sur la terre entière. Cette force de conviction explique qu'aux débuts d'Internet, il était commun de trouver dans les articles certains mots soulignés ou écrits en bleu sur lesquels il suffisait de cliquer pour passer à une autre page. Le journalisme en ligne s'est contraint à bâtir ces liens, conformément à une vision littéraire stricte de l'hypertexte, avant de vérifier qu'ils étaient délaissés par l'audience. Ils restent présents aujourd'hui dans les encyclopédies, les fiches pratiques ou les notices d'utilisation en ligne, donc sur des pages de pédagogie intensive. Pour les sites d'information comme pour bien d'autres pionniers du nouveau média, le concept clé a changé : lors de la conférence « Hypertext 97 », une décennie plus tard, en plein essor d'Internet, l'hypertexte a d'ailleurs cédé le pas à l'hypermédia, puisque le texte est un contenu parmi d'autres, tirés de tous les médias.

Quiconque a vécu les années pionnières de l'information en ligne peut en témoigner : s'installer au premier rang revenait pour une équipe rédactionnelle à installer de nouvelles interfaces sur son site. Succession ininterrompue d'innovations : texte, puis texte avec image, puis portfolio d'images et ainsi de suite, animation, newsletter, forum, chat, bande-son, blog, vidéo... Tout s'ajoute et se combine dans cette panoplie qui s'est étendue à de nouveaux territoires en passant du texte vers l'audiovisuel, le multimédia et l'interactivité. Au total, dans ce journalisme en quête de ses formats et de sa technologie, bâtir un site revient à courir devant la locomotive de peur de ne pouvoir ensuite prendre le train en marche. A la mi-2005, soit dans sa dixième année, un site tel que *Le Monde.fr*, qui accompagne l'innovation technologique des grands sites d'information, met en ligne vingt-deux éléments différents et se prépare déjà à allonger cette liste. Les présentations foisonnent car l'audience ne va pas d'un texte à un autre texte au détour d'un mot, d'un nom ou d'un concept, mais plutôt d'une interface à une autre interface, au gré de la tentation provoquée par une image, un titre, une citation, une technologie distincte.

Les liens que Ted Nelson rêvait de voir dans les textes mêmes ont été déplacés. Ils sont désormais en bas, en haut ou sur le côté des pages pour inciter à zapper entre les interfaces : assez lu ? allez regarder des images ; assez regardé ? allez débattre ; assez débattu ? allez écouter, etc. Comment croire que les sites d'information ne sont pas visés quand Ted Nelson salue dans Internet « une réussite massive, comme le karaoké » ; entendons : une création originale qui passe par toutes les interprétations possibles. Et comme l'audience apprécie cette approche qui multiplie les formes que prend l'information, les pages ont pour structure récurrente un élément central (qu'il soit texte, image, chat, vidéo, etc.) accompagné d'une offre de liens sur lesquels il suffit de cliquer pour aller vers d'autres éléments, textes, images, chats, vidéos, etc. qui traitent grosso modo du même thème. Dans ce modèle, qui devient universel parmi les sites à forte audience, l'information ne se traite plus par un ensemble de faits et de données formant une couverture cohérente, mais par l'offre d'un microcosme fait de multiples supports où chacun pioche à sa guise.

Il n'a pas fallu dix ans pour qu'Internet soit le point d'arrivée de l'évolution que Marshall McLuhan annonçait dès 1959 en exposant les effets de l'électronique sur l'univers journalistique. « Quand les nouvelles se déplacent lentement, disait-il, le journal a le temps de fournir des perspectives, de rétablir le contexte général, de relier cela avec les dernières nouvelles, et le lecteur reçoit un "package" complet. Quand l'information vient à grande vitesse, il n'y a pas la possibilité d'un traitement aussi littéraire, et le lecteur reçoit un "kit" à monter soi-même. »

Lego en ligne

Le temps aidant, le kit a pris de l'amplitude sur le nouveau média qui a fini par renoncer à la cohérence et aux principes fondamentaux des autres formes de journalisme. Sur une page d'Internet, il est banal de trouver placés côte à côte, et à un niveau d'importance comparable, l'offre d'éléments que l'on s'efforçait jusque-là de séparer nettement. Se côtoient ainsi : information et opinion ; contenu longuement travaillé par la rédaction et information brute fournie par une agence de presse ; travail produit par l'équipe de journalistes et contributions envoyées par l'audience ; texte tiré d'un média écrit et contenu audiovisuel diffusé par une radio ou une télévision ; information du jour voire de l'heure précédente et extrait d'archives courant sur plusieurs années.

La juxtaposition la plus répandue reste l'offre d'informations provenant de la même rubrique. L'internaute qui s'enquiert de la crise alimentaire au Soudan se voit proposer d'en savoir plus sur la situation politique au Myanmar ou sur un soubresaut financier en Argentine. Rubrique par rubrique, les sites suggèrent ainsi, en Culture, de passer du cinéma à l'archéologie ou, en Société, d'un fait-divers à une campagne de prévention médicale. Ces rapprochements iraient d'eux-mêmes s'il existait pour de bon des rubriques sur Internet, mais dix années de journalisme en ligne ont en fait imposé comme solution quasi universelle le rangement « schizophrène ».

Tous les sites utilisent deux modes de classement des informations. D'une part, une liste de rubriques thématiques classées dans une énumération semblable à un sommaire de presse écrite : International, Sciences, Sports, Culture, etc. ; d'autre part, une liste de types de traitements journalistiques : portfolios d'images, vidéos, chats, blogs, etc. Bien sûr, une collection de photos sur une crise alimentaire au Soudan figure aussi bien sous l'étiquette International que sous celle de portfolio. Le résultat obtenu est donc d'une indétermination sans précédent dans l'histoire de la presse.

Historiquement, tout média a eu parmi ses missions celle d'offrir une représentation du monde. Cette tâche est si essentielle que le classement des informations dans les quotidiens est un des symptômes de l'idiosyncrasie d'une société et de son organisation politique. Le lecteur allemand qui connaît la difficulté de bâtir une nation est à l'aise avec une déclinaison du réel dans les cahiers *Politik*, *Wirtschaft* et *Feuilleton* (Politique, Travail, Culture) de son quotidien, tandis qu'un Britannique retrouve son insularité dans la distinction *Home News*/*Overseas News* (nouvelles nationales/nouvelles d'outre-mer) de son journal et qu'un Français juge un découpage séparant la Politique de la Société nécessaire pour rendre compte du pays où il vit.

Sans les rendre apparents, les radios et les télévisions s'appuient sur ces classements de la presse écrite pour « dérouler » leurs sujets à la manière d'un tapis. C'est donc bien une révolution copernicienne qu'Internet réalise en entraînant l'audience dans des sommaires multiples et fragmentés. Chaque jour, les sites d'information disent par l'affichage de leur contenu qu'il existe plusieurs manières de voir le monde et que le désordre voire la contradiction ont une place à part entière dans sa représentation.

Le romancier Evelyn Waugh a fait rire sur tous les continents aux dépens des journalistes avec son roman *Scoop*, dont le ressort principal est l'envoi par erreur du responsable d'une chronique de jardinage comme reporter sur un conflit d'Afrique de l'Est. Sur Internet, rien ne sépare deux rubriques de façon si nette que l'on puisse simplement sourire de leur rapprochement. Toutes font partie d'un monde unique, l'information en ligne, où tous les voisinages sont possibles dans l'accumulation des contenus et des liens menant vers d'autres contenus.

L'une des frustrations pour les rédactions des sites dotés de systèmes d'édition élaborés est d'ailleurs de ne plus savoir ce que voit leur audience. Sur ces sites, une page n'existe plus en tant qu'élément intangible et durable. Le système informatique agit en effet à la façon d'un énorme jeu de Lego automatisé qui combine, en fonction de règles prédéfinies, des textes, images, animations, etc., ainsi que des liens vers d'autres contenus journalistiques. Il produit ainsi chaque jour des centaines de milliers de pages où l'article, le blog, le portfolio d'images ou tout autre élément demandé par un internaute apparaît cerné d'un halo de contenus et de liens vers des archives, fils d'agences, articles, images, éléments interactifs, etc. Les internautes qui s'étonnent de ce que la photo illustrant un article change à chacune de leur visite sur la page ne remarquent en fait que l'agitation de l'écume dans un océan de contenus en mouvement.

L'un des flux les plus puissants, qui modifie des dizaines de milliers de sites à travers le monde, est alimenté par les algorithmes *AdSense*, de *Google*, et *ContentMatch*, de *Yahoo!*, qui génèrent la publicité contextuelle. Cet algorithme cherche dans les textes de la page des mots choisis par des annonceurs ; lorsqu'il les trouve, il ajoute à cette page les publicités de ces annonceurs. Ce travail est entièrement automatisé et fait du dehors ; personne dans ces deux entreprises ne voit le site où sont placées les publicités, à moins que le site ne diffuse plus de vingt millions de pages par mois, pour *Google*, ou n'emploie plus de cent journalistes, pour *Yahoo!* Dans ces cas-là, des êtres humains mandatés par les deux géants d'Internet aident les algorithmes durant quelques heures afin d'affiner le réglage de l'automatisation.

Les internautes qui soumettent des mots à un moteur de recherche ont une approche similaire à celles d'*AdSense* ou *ContentMatch*. Seule différence : ils confient à un algorithme la quête de termes clés, non pour glisser des publicités mais pour trouver ce qu'ils vont lire ou regarder. La démarche retient d'autant plus l'attention que sur les sites d'information le trafic acheminé par les moteurs de recherche est notoirement plus important que toute visite par les internautes d'une rubrique thématique (Economie, Société, etc.) ou d'une collection de traitements (portfolio, chat, etc.). A la page conçue comme super-jeu de Lego répond donc l'algorithme de recherche comme guide des visites : dans le contexte d'Internet, il n'y a plus que l'audience où l'humain occupe seul le premier plan.

Le multimédia ouvert

Un des premiers dessins d'humour consacrés à Internet montre un chien assis sur une chaise de bureau, face à un PC. La patte posée sur le clavier, il confie à un autre corniaud modestement assis par terre : « Sur Internet, personne ne sait que tu es un chien. » A dire vrai, sur Internet personne ne sait ce que quiconque, chien ou humain, fait de son ordinateur. Un internaute est l'unique maître de sa navigation. Il décide seul de la succession de pages et de sites qui forment à un moment donné le parcours que ni lui ni personne d'autre ne va probablement jamais répéter. Internet est un média que l'internaute bâtit à chaque visite et de façon d'autant plus subjective qu'il ignore ce qu'il délaisse.

On peut tourner toutes les pages d'une publication ou suivre un programme de radio ou de télévision de sa première à sa dernière seconde ; impossible en revanche de prendre la mesure des grands sites d'information. Leur contenu dépasse les capacités de l'attention humaine et s'accroît chaque jour, en continu, de centaines de pages. Titres, images, vidéos, enregistrements, animations, participation à des sondages, chats ou forums, recherche d'archives, extraits de dépêches, offres de se rendre sur d'autres sites, etc. : une journée ne suffirait pas pour étudier les sollicitations d'un site et pour jeter ne serait-ce qu'un simple coup d'œil sur les offres de sa page d'accueil et les sommaires de ses rubriques. L'internaute se déplace donc tel un marcheur qui s'arrête tantôt par hasard tantôt par contrainte, selon ses obligations, ses étonnements ou ses habitudes. Ce qu'il tire du site est le produit de ce parcours subjectif forcément plus proche du monologue intérieur d'une héroïne de Virginia Woolf que d'un manuel de journalisme.

Pas moyen en effet de se laisser guider par la hiérarchie des sujets répartis de la première à la dernière page d'une publication, ou par l'enchaînement menant de la première à la dernière seconde d'un programme de radio ou de télévision : un site d'information ne propose aucun sens pour sa visite. Chaque internaute y dessine son propre mouvement. Du coup, passer de tout autre média à Internet revient à passer « des structures *qui se meuvent* aux structures *à l'intérieur desquelles nous nous mouvons* », pour reprendre la démonstration d'Umberto Eco (les italiques sont de lui) dans son essai sur l'œuvre d'art ouverte.

Il reste impossible de démêler la part de boutade, d'observation, de provocation et de témoignage dans la remarque de Virginia Woolf : « Vers décembre 1910, le caractère humain a changé. » En revanche, nul ne peut nier que l'accélération des contacts due à la diffusion de l'automobile et du téléphone, la multiplicité des savoirs permise par l'essor des sciences et l'émergence d'une atmosphère distincte dans les milieux de la création ont coïncidé alors avec l'apparition du modernisme qui s'est épanoui entre les deux guerres mondiales. Littérature, musique, beaux-arts ont vu naître des œuvres incorporant multiplicité des points de vue, fragmentation du temps, discontinuité de l'action et mélange des niveaux de conscience.

Le journalisme s'est très bien passé de ces atouts. Il n'y a pas eu de Joyce, de Stockhausen ou de Calder de la presse, mais tout indique qu'avec Internet, vers le début des années quatre-vingt-dix, le caractère des médias a changé. Pour l'internaute, le nouveau média possède la structure d'une œuvre ouverte. La multiplicité, la fragmentation, la discontinuité, le mélange sont ses traits constitutifs et sur les sites d'information l'audience s'en arrange exactement comme elle se façonne une histoire avec les fragments décousus voire contradictoires des films de Quentin Tarantino tels que *Reservoir Dogs* ou *Pulp Fiction*.

D'un site d'information à l'autre, d'une page à l'autre, les protagonistes de l'actualité sont les mêmes, l'histoire que raconte l'actualité est la même, mais des ruptures incessantes dans le temps, l'espace et la narration font de l'information un monde dont chacun n'attrape que des bribes pour se bâtir un récit cohérent. Le site de la BBC pousse cet éclatement jusqu'au bout en proposant parfois en marge d'une information le lien vers la même information traitée sur un autre site vingt, trente, quarante minutes plus tôt à la façon dont la télévision offre une autre version ou l'épisode précédent d'une série que l'audience aime voir et revoir.

L'arrivée en quelques années de l'image, du son et de la vidéo sur les sites d'information a élargi cette fragmentation à l'ensemble des moyens d'expression utilisés par la presse. Internet est une œuvre ouverte à tous les médias au point de ne pas posséder un discours qui lui soit propre. L'ancien secrétaire d'Etat Henry Kissinger relevait avant la création d'Internet que les médias avaient deux approches distinctes des affaires publiques : « Quand vous formez vos idées à partir de mots, notait-il, vous construisez avec des concepts ; quand vous formez vos idées avec des images, votre vision se forme sur la base d'impressions et d'humeur. » Le nouveau média use de l'un comme de l'autre ou plus exactement ni de l'un ni de l'autre dans une diversité croissante de ses contenus dont aucun n'impose son discours. Le journalisme en ligne devient donc un mélange de tous les médias déployés dans un contexte d'œuvre ouverte.

La poursuite de l'excellence suppose d'œuvrer dans cette direction si l'on se fie aux prix de journalisme en ligne décernés depuis plusieurs années. Sur tous les continents, invariablement, les récompenses vont en effet à des travaux réalisés avec une application souvent ignorée des internautes et qui est pourtant présente dans 98 % des ordinateurs connectés au réseau : *Flash*. Produite par la firme Macromedia, c'est une technologie qui regroupe texte, vidéo, audio et animation graphique dans un espace unique et délimité où ils se côtoient, se succèdent et s'épaulent selon un enchaînement et un rythme prédéterminés ; aucun média n'est banni de ce traitement neuf dont la qualité, pour l'heure, oscille entre le navrant et l'épatant.

La dénomination de ce produit journalistique de synthèse reste floue : les rédactions parlent aux Etatsunis d'un *Interactive feature* (magazine interactif), en France d'une Boule de net et en Argentine d'un

Especial multimedia (hors-série multimédia). Les internautes, eux, n'ont pas de mot pour désigner ce qu'ils ne voient pas comme un élément spécifique, mais plutôt comme une information traitée par l'addition de ce qu'offrent les autres médias : écrits, images, sons, mouvements. Pourtant, là, le journalisme en ligne expérimente une alchimie ; avec des contenus classiques et un traitement fermé, il s'efforce de bâtir l'impossible : dominer le sens d'une œuvre ouverte.

A découvert

Mélanger des médias dans un écran relève de la manipulation de fils électriques : le courant passe ou c'est le court-circuit. Le premier ne s'obtient jamais sans risquer le second. Cela se perçoit lorsque la technologie *Flash* sature son cocktail de vidéo, carte, son, texte et photo au point d'afficher, de façon peut-être prémonitoire, une implosion molle où, dans l'échec d'Internet à traiter une information, émerge la sensation d'une perte d'identité des médias classiques. Réduit à l'état de fournisseur de contenu, chaque média, dans le contexte de l'écran de l'ordinateur, paraît perdre de son autonomie. Internet devient alors un moulin à moudre les médias sans que l'on sache ce qu'il adviendra de leur audience.

Depuis des décennies, dans la foulée des professeurs Jay Blumler et Elihu Katz, la sociologie de la communication a accepté l'existence d'« usages et gratifications » spécifiques à l'audience de chaque média. Dans tous les pays s'est vérifié qu'un lecteur de quotidien, seul dans un fauteuil, devient une autre personne s'il s'installe dans le cercle de famille face au journal télévisé. De même, il est avéré que la crédibilité d'un média varie selon la nature des informations traitées. Chaque personne arbitre entre les médias qu'elle utilise afin de maximiser les effets classiquement attendus de la communication : connaissance, émotion, bien-être, intégration sociale, besoin d'évasion. Mais on ignore aujourd'hui si l'expérience propre à l'utilisation d'un média reste identique lorsque ce média est diffusé via Internet.

La question devient pressante car dans peu de temps, l'évolution de la technologie le montre, il sera impossible de déterminer si une image affichée plein écran relève de ce que nous appelons télévision ou Internet. Les yeux fermés, déjà, nul ne sait dire par quel canal arrive un signal de radio. Seul l'écrit, pour l'heure, est assuré de la singularité de son destin : la lecture d'un journal ou d'un magazine reste une expérience impossible à confondre avec l'utilisation d'Internet. L'écrit n'en vit pas moins sous la menace que le réseau fait peser à court terme sur tous les médias : devenir un lieu d'arbitrage, où les audiences passent de l'écrit à l'audiovisuel, du flux récent aux archives en oubliant peu à peu les frontières entre les supports et les contenus.

Il existe au moins un précédent à l'apparition d'une telle porosité. Elle concerne la télévision. Son histoire se divise en deux chapitres qui ne sont pas ceux du noir et blanc puis de la couleur, mais des temps d'avant et d'après la télécommande. En 1956, le « Space Command 400 Remote Control », de l'ingénieur Robert Adler, a permis de changer de chaîne sans quitter son fauteuil. Dès que cette trouvaille a été vendue à un prix abordable, les programmes ont changé. « La télécommande a déterminé non seulement *comment* nous regardons la télévision (…) mais aussi *ce que* nous regardons à la télévision », relève l'historienne Christine Rosen. Plans ultra-courts, montages animés, programmes serrés ont nourri le fond et la forme d'un média contraint d'attraper son audience avant qu'elle n'aille voir ailleurs. Le contenu de la télévision est devenu un format fait pour retenir l'audience autant que pour l'attirer.

Canal de diffusion universel, Internet étend cette problématique au-delà des chaînes de télévision, à l'ensemble des médias désormais placés en concurrence frontale lorsqu'ils sont diffusés sur le réseau. Déjà s'amorce en ligne une sorte de cession par appartements du champ d'activité de la presse. Des sites tels qu'*Amazon.com, Fnac.com* ou *Imdb.com* s'approprient une bonne part de la mission critique traditionnelle de la presse écrite à l'endroit des livres et du cinéma. Quand l'audience ne supplante pas carrément les critiques sur les blogs personnels, elle sait trouver sur ces sites commerciaux des points de vue de professionnels ou d'amateurs en grande quantité. De même, le contenu de la rubrique Voyages des médias traditionnels devient un simple élément d'appoint quand il voisine sur un écran avec des offres de vente de séjours ou de transports en ligne. Quant à l'information financière, elle est d'ores et déjà un flux de petits apports d'information qui flottent au long des cotations sur les marchés.

Sur Internet, la presse écrite et la presse audiovisuelle se trouvent à découvert. Leurs contenus, dépouillés de leur contexte traditionnel, affrontent un environnement à la volatilité extrême : le monde médiatique du tout en ligne. Changer de média, changer de contenu ne coûte qu'une pression du doigt sur le bouton d'une souris. Pour le journalisme, en revanche, le prix d'un tel zapping est d'un montant considérable. Il suffit que les audiences se fragmentent entre en ligne et hors ligne, entre sites et pages sur papier, pour que la presse perde la faculté de décider ce qui fait l'actualité.

Selon une théorie formulée il y a plus de trente ans par deux universitaires, Maxwell McCombs et Donald Shaw, les médias n'ont pas assez d'influence pour dicter à l'audience ce qu'elle doit penser, mais ils ont la capacité d'établir la liste des thèmes débattus dans une société. Ce privilège de l'*agenda setting*, vérifié par plus de quatre cents travaux de recherche, n'existe pas sans des médias nantis d'un pouvoir de convocation de l'audience. A la fois canal de diffusion de tous les médias et média puisant dans tous les supports, Internet possède clairement une prédisposition pour agir en direction opposée : fragmenter l'audience, la disperser dans la surabondance d'un réseau où tout se mélange.

« Par définition, un torrent est indivisible », prévient Todd Gitlin, auteur d'une des premières réflexions sur le flux d'images, de sons et de textes qui forme le milieu naturel de nos existences, depuis le jeu vidéo de l'enfant jusqu'à la musique de fond dans un ascenseur d'hôtel. Au cœur de cette vie ouverte à tous les médias en continu, Internet est si présent, si envahissant, si accessible qu'il gomme le contexte des médias qu'il distribue et impose uniformément le sien : construction en Lego, livraison « en kit », représentation globale sous forme d'une œuvre ouverte.

Le journalisme, quel que soit son support, court là le danger de sa banalisation. Il peine déjà pour éviter que sa voix se confonde avec les autres flux de la communication : distraction, propagande, commerce, publicité, éducation, art. Le babil de la *talk-radio*, les pseudo-débats des plateaux de télévision, la publication simultanée d'articles « suggérés » par des cabinets de presse nient chaque jour un peu plus sa différence et voici que la spécificité des supports qu'il utilise est menacée à son tour d'être engloutie par un métamédia. « Une information, c'est quelque chose que quelqu'un veut cacher », affirme la définition classique du journaliste italien Furio Colombo. Une information est en passe de devenir plus rare encore : quelque chose que le torrent médiatique n'a pas submergé.

4. L'allure du réseau

Si l'histoire de la typographie au xxᵉ siècle devait tenir dans une seule date, ce serait le 3 octobre 1932, avec la première utilisation, par le quotidien *The Times* de Londres, des caractères *Times New Roman*. L'Anglais Stanley Morison, leur créateur, ignorait que ses lettres connaîtraient une utilisation universelle, mais il n'avait aucun doute sur leur qualité. Elles ont, notait-il, « le mérite de sembler n'avoir été dessinées par personne en particulier ».

Cette volonté de s'effacer ne tenait pas à une discrétion de gentleman, mais au choix d'un courant de typographes britanniques soucieux de ne rien interposer entre le texte et son lecteur. Une philosophie résumée dans la conférence prononcée par un membre de ce groupe, Beatrice Warde : « Le gobelet de cristal *ou* l'imprimé devrait être invisible. » Son propos, le plus fameux jamais rédigé sur l'art typographique, assimile la lecture d'un texte à la consommation d'un vin. De même qu'un connaisseur savoure un grand cru dans un verre difficile à renverser, propre, qui permet de voir la couleur du liquide et laisse l'arôme se dégager, le lecteur, affirme-t-elle, mérite de goûter le nectar de sa lecture sans être importuné par des formes audacieuses ou des signes difficiles à déchiffrer.

Pour Morison, cette ambition obligeait à un compromis entre la typographie traditionnelle, familière à l'œil du lecteur, et l'apport d'un graphisme ouvert où la lumière s'installe jusque dans le corps des lettres dépouillé d'une gaine d'encre excessive. Il avait exposé ce dosage aux administrateurs du journal, en les assurant que « les nouveaux caractères proposés pour *The Times* tendront vers le moderne, quoique le corps de la lettre sera plus ou moins vieillot en apparence ».

L'enjeu de cet exercice n'avait rien à voir avec le souci d'être moderne. Il tenait, bien sûr, à la part dévolue à la volonté esthétique face aux contraintes de l'information. *The Times*, au moment de lancer ce qui serait la création la plus souvent reproduite et aussi déformée de la typographie, excluait de créer le beau pour le beau ; il voulait seulement placer des caractères au service de la lecture d'un quotidien dont chaque mot comptait dans la vie d'un royaume. Dans cette décision pesait à la fois l'histoire centenaire de l'imprimé – avec des maîtres révérés tels Giambattista Bodoni, William Caslon, Claude Garamond, etc. –, la tendance graphique d'une époque, puisque l'Angleterre amorçait alors l'impossible transition du style post-victorien au groupe de Bloomsbury, et enfin la connaissance d'un lectorat résumé dans sa caricature : un major, retiré de l'armée des Indes, abîmé dans *The Times* au fond du fumoir de son club londonien.

Des maîtres, une tendance, et l'analyse d'une audience : rien de cela n'existait pour ceux qui, à la toute fin du XXᵉ siècle, ont dû choisir une typographie et, plus encore, improviser un graphisme afin de mettre en ligne de l'information journalistique. En regard de la minceur des ressources initiales, on ne laisse donc pas d'être étonné du résultat : une décennie a suffi pour que la presse électronique se donne une allure qui lui soit propre, ce que, dans la mode, on appellerait un *look*.

Des pages à part

Les débuts d'Internet sont semblables à ceux de l'*Ancien Testament* : au commencement était le Verbe. A sa naissance, le réseau fonctionne en *line-mode*, c'est-à-dire sans possibilité de placer autre chose que des titres et des textes dans les pages. Un trimestre suffit, en 1993, pour que tous les utilisateurs adoptent *Mosaic*, le premier vrai navigateur, qui offre une frustre possibilité de glisser des images entre les lignes. Deux ans plus tard, *Netscape* s'impose de même, en quatre mois seulement, en donnant cette fois la possibilité de combiner textes et images dans une mise en pages assez sophistiquée pour que les journalistes disposent des fonctions dont ils usent dans les autres médias : hiérarchiser l'information, dire avec des mots, montrer par des images et différencier l'actualité récente des données anciennes qui l'éclairent. Internet devient dès lors un support envisageable pour la presse.

Lorsque les sites d'information naissent en grand nombre, en 1996, Internet laisse même les premières rédactions rêver à une idée rassurante et trompeuse : il s'agit de faire des pages. Ces pages ont beau être virtuelles, chargées de liens, placées dans le cyberespace et bridées par le manque de dynamisme de *Netscape*, ce sont toujours des pages, croit-on, telles que la presse en produit depuis plusieurs siècles, avec des titres, des textes et des images. Le réseau semble n'être d'abord, au plan du graphisme, qu'un prolongement du papier : une poursuite de la presse écrite par d'autres moyens de diffusion. L'apparition d'un style propre aux sites d'information est donc l'histoire d'une émancipation : des pionniers se sont affranchis des références traditionnelles de la mise en pages sur papier pour doter les sites d'information de pages à part, reconnaissables au premier coup d'œil.

Même imprimées, ces pages ne peuvent aujourd'hui se confondre avec la reproduction réduite d'un quotidien ou d'un magazine. Elles possèdent une allure distincte de celle de la presse écrite. Mais leur différence tient moins, comme on le croit, à leur structure, au format et au support de leur affichage qu'à la manière dont, particulièrement dans le monde occidental, des solutions étroites et récurrentes s'appliquent à quatre variables : titre, texte, typographie et usage de la couleur.

Le titre, qui reste en majesté dans le média sur papier, ne cesse d'être dévalué sur Internet. Une évolution rapide l'a vu diminuer de taille, perdre le surtitre qui parfois le coiffait et le sous-titre sur lequel il pouvait aussi s'appuyer. Désormais suivi au mieux d'un « chapeau » – un court paragraphe destiné à le développer –, il apparaît le plus souvent nu et même esseulé puisqu'on le sépare du contenu qu'il annonce. La pratique s'est en effet peu à peu imposée d'offrir en page d'accueil ou sur des pages de rubriques – International, Politique, etc. – des listes de titres entre lesquels l'internaute peut choisir. « Un titre n'est pas un acte de journalisme, c'est un acte de marketing », affirmait Harold Evans, rédacteur en chef légendaire de la presse dominicale anglaise dans les années soixante-dix. En page d'accueil des sites, la dévaluation est consommée : un titre n'est le plus souvent qu'un élément d'une énumération.

Quant aux textes, pour des raisons qui tiennent à la fois aux codes informatiques utilisés et à l'absence de coupe des mots, ils ne sont pratiquement jamais publiés dans une colonne à la forme régulière comme dans les livres et dans l'énorme majorité des journaux ou des magazines. Ils s'affichent avec la monotonie d'une disposition unique et peu lisible : le début de chaque ligne se cale à gauche contre un même axe vertical, mais la longueur variable des lignes dessine à droite une dentelure irrégulière, dite « en drapeau » car elle rappelle le dessin d'une bannière déchirée par le vent. Passer du français à l'arabe ou au japonais revient à pousser de la gauche vers la droite la hampe de cet étendard qui déséquilibre la page.

La typographie elle-même s'est appauvrie et, d'un site l'autre, paraît ne compter que quelques familles de caractères. Même dans les langues latines où l'offre abonde, tout s'écrit avec très peu : Times New Roman dans une version que Morison n'aurait pas approuvée, Arial, Verdana, Courier, Georgia... Ces lettres n'ont pas vingt ans d'âge, parfois dix ans, et jugées sur pièce, c'est-à-dire sur les écrans où s'alignent leurs formes pixelisées et les espaces irrégulières qui les séparent, elles sont loin de justifier la définition que l'écrivain Paul Valéry donnait de la typographie : « Un art qui ne retient que des ouvrages achevés. » C'est au point que dès lors qu'un site veut montrer des caractères dont le dessin et l'espacement sont soignés, il les compose à part, afin d'en faire une image mise en ligne à la façon d'une photographie, comme si Gutenberg n'avait rien inventé et qu'il fallait s'essayer à une sorte d'enluminure numérique.

A l'aune des siècles d'expérience de l'imprimerie, Internet constitue une régression de la typographie que masque pour le moment l'utilisation généreuse de la couleur. Là encore il y a rupture avec la culture héritée des pages sur papier où, pour l'essentiel, les mots apparaissent en noir sur fond blanc. En regard, les sites sur Internet sont bariolés, criards, *splashy*, pour reprendre le jargon de la communication, mais ils s'habillent, dès lors qu'il faut des fonds, des bandeaux ou des caractères autres que le noir, dans une palette de couleurs qui paraît propre à ce média.

On doit pourtant avoir de l'indulgence pour le graphisme des pages des sites d'information. Il existe peu d'enquêtes sur le comportement de l'audience, mais toutes conviennent qu'un regard neuf a été généré au cours de la première décennie du nouveau média. En suivant avec des faisceaux laser le mouvement des pupilles d'internautes de San Francisco, les auteurs de l'étude « Eyetrack III » par exemple les ont vus faire des ronds sur une page d'accueil en se déplaçant comme s'ils suivaient le dessin d'une spirale. Selon la même étude, au contraire de ce qui se passe sur le papier, les titres attirent plus que les images. La taille de l'image – mieux vaut qu'elle soit grande – joue un rôle important dans la capacité de retenir une attention qui diminue invariablement en descendant vers le bas de la page. La lecture des titres est souvent tronquée (elle s'en tient aux premiers mots), il y a un scannage d'une partie des textes au lieu d'un réel déchiffrage de chaque mot, et, paradoxalement, la lecture paraît plus suivie quand la taille des caractères diminue. Au total, le graphisme fonctionne si souvent à rebours de ce qui se pratique dans livres et journaux que tout semble à réécrire dès lors que l'on apprend la lecture sur Internet.

Le poids des origines

L'histoire de la presse en ligne sera peut-être rédigée un jour à la façon dont se raconte comment Alexey Brodovitch, autour de *Harper's Bazaar* dans les années trente, et Peter Knapp, à partir de *Elle* dans les années soixante, ont fait l'allure des magazines modernes. Il faut pourtant douter de voir cités des noms aussi reconnus dans la première décennie du nouveau média. Tout est allé si vite, tout a été si disponible – simultanéité oblige – qu'il reste impossible de distinguer un talent ou d'attribuer la paternité d'une création de façon unique. Les pionniers ont dupliqué les réussites et fui les échecs dans un jeu d'influences réciproques entre deux matrices : l'univers audiovisuel et la presse écrite.

Aux Etats-Unis, où la création de la presse électronique a reposé sur l'élan le plus précoce et le plus intense, il était aisé de distinguer d'emblée deux pôles autour desquels s'organisaient les sites. D'une part, il y avait les compagnies de télévision comme ABC,

CBS ou CNN dont les sites jouaient beaucoup de l'image et de la couleur, se défiaient des lettres classiques avec empattements et bâtissaient leurs pages d'accueil autour d'une image centrale avec une forme de mélancolie du téléviseur. De l'autre, des journaux comme *The New York Times* ou *The Wall Street Journal* proposaient des sites enclins à retrouver le schéma de la page d'un quotidien, avec moins de couleurs, moins d'images, davantage de lettres avec empattements et la volonté de retrouver la hiérarchie des informations dans un jeu subtil de typographie. Que le site du quotidien *USAToday* ait été plus proche du premier groupe que du second constituait la preuve par Internet de ce dont on le soupçonnait depuis sa naissance : avoir voulu importer sur le papier une approche télévisuelle des faits. En s'essayant au journalisme en ligne, aucune entreprise ne pouvait maquiller le fond de son identité.

Dans les pays industrialisés, ce clivage en fonction des origines s'est vérifié de façon quasi universelle. La raison en est simple : les sites d'information sont nés au sein d'entreprises qui faisaient déjà du journalisme ; se raccrocher au savoir-faire de la maison mère était d'autant plus logique qu'Internet n'a jamais eu de référence indiscutée. Aucun livre, aucune réussite, aucun prophète suivi d'assez de disciples pour être entendu ne disait comment faire ce qui n'avait jamais été fait. Un temps, à la toute fin du XXᵉ siècle, Jakob Nielsen, ingénieur et ex-gourou d'Internet pour la firme Sun Microsystems, a imposé les concepts de *Web usability* (facilité d'utilisation du réseau) et *Web design* (design du réseau) qui revenaient à systématiser l'étude de la navigation de l'internaute qui n'est, expliquait-il avec raison, pas plus un lecteur de papier que l'écran n'est une page de journal.

En démontrant en 1997 que 79 % des internautes « scannaient » les textes plutôt qu'ils ne les lisaient et que seuls 16 % d'entre eux appréhendaient réellement chacun des mots dans les phrases qui leur étaient proposées, Jakob Nielsen a conjuré les velléités de croire à une soi-disant « lecture en ligne » des sites d'information. Ce n'est pas une lecture, mais plutôt le « captage » d'un contenu. Pour autant, Jakob Nielsen n'a pu atteindre une position de théoricien reconnu par tous, même avec la publication, en 2000, de son ouvrage *Designing Web Usability*. Il a en vain proposé de suivre des normes plutôt que de s'en remettre à ce qu'il a appelé le « darwinisme digital », c'est-à-dire à la série d'expérimentations qui ont établi les grands principes de la présentation d'un site d'information.

C'est en effet par une série d'erreurs et de corrections, et dans une moindre mesure par l'analyse serrée du trafic des internautes sur leur site et par des échanges répétés entre eux que les responsables des rédactions et du design se sont forgé des certitudes assez fortes pour que les univers issus de l'audiovisuel et de la presse écrite finissent par converger, le second faisant la plus grand part du chemin. Impossible, dans les premières années du XXIᵉ siècle, en consultant le site de la *Frankfurter Allgemeine Zeitung,* en Allemagne, ou du *Corriere della Sera*, en Italie, de se rendre compte que ces pages colorées, à la présentation mécanique et aux lettres modernes, sont issues d'entreprises produisant chaque jour un quotidien sur papier, avec une mise en pages classique, une hiérarchie de titres faits de caractères à empattements et un usage réservé de l'image.

Désormais, dans le monde industrialisé, il existe des tendances propres aux sites d'information. Elles sont si partagées que l'on identifie dès leur page d'accueil ces espaces journalistiques : disparition progressive des barres de navigation verticales, présence majoritaire des caractères bâtons dans la typographie, accroissement de la taille des photographies, renoncement aux liens hypertextes, augmentation de l'espace publicitaire, élargissement des pages, séparation du flux des nouvelles et du stock du contenu de fond, offre d'un moteur de recherche au plus haut de la page d'accueil, utilisation d'un double classement par thèmes (International, Economie, etc.) et par genres (portfolios, dossiers, blogs, etc.), colonnes qui s'interrompent faute de contenu, plutôt que de remplir un espace prédéfini, etc. Internet est devenu, dans le domaine de l'information, un média à la forme nettement reconnaissable.

Étonnamment, les sites d'information ont dédaigné trois propositions graphiques qui semblaient procéder de l'évidence. Ils n'ont guère usé du *split screen*, de l'écran divisé qu'utilisent les chaînes de télévision d'information en continu pour proposer à la fois une image, des titres, des cours de Bourse, la météo, etc. Ils n'ont pas davantage souscrit au graphisme des jeux vidéo, visant à recréer une représentation en relief, et s'en sont tenus à un espace-plan analogue à une feuille de papier. Enfin, ils ont ignoré les compressions de typographie et les affichages de menus utilisés sur les écrans nomades des téléphones ou des

PADs. « L'écho répond à l'écho, tout se répercute » affirmait Georges Braque en expliquant la logique interne de la création. Les pionniers du journalisme électronique ont appliqué sa maxime mais sans regarder hors du réseau mondialisé, comme s'ils avaient voulu créer *sui generis* une forme qui ne rappellerait rien d'autre.

Le graphiste dans le « parc technologique »

En fait, Internet est né dans le renoncement à toute création graphique. L'écriture HTML (*HyperText Markup Language*), un code inventé par un scientifique britannique, Tim Berners-Lee, pour décrire les pages, prétendait séparer contenu et présentation. Le contenu était l'affaire de celui qui faisait la page ; sa présentation restait du domaine de l'internaute qui la consultait. Le titre de la page était par exemple désigné dans le code par <H1>, puis le titre de chaque partie par <H2>, et c'est la programmation de l'internaute qui décidait que H1 serait en caractères Times d'une taille donnée, et H2 en caractères Arial d'une taille plus petite, et ainsi de suite dans cet univers où la page avait sa structure tandis que l'audience lui donnait sa forme.

Bien sûr, chaque éditeur a voulu maîtriser les pages vues par son audience. Il a spécifié dans le code HTML les lettres et les couleurs de son choix, et le graphisme de la presse en ligne est né. Son berceau a été le champ de la bataille victorieuse menée par Microsoft afin que son navigateur, *Internet Explorer*, supplante *Netscape*. Chacun de ces navigateurs avait sa façon d'interpréter le code pour gérer l'espace dans les pages et y insérer des images. Créer un site supposait donc de disposer de plusieurs écrans pour s'assurer qu'une même page s'affichait de façon sinon identique, à tout le moins similaire sur un ordinateur PC ou Apple, avec le navigateur *Netscape* ou avec *Internet Explorer*.

Définir un style, c'était d'abord tenter de déjouer les pièges des producteurs de matériels et de logiciels. Même une opération aussi simple que le choix d'une couleur n'était pas garantie. Les ordinateurs individuels agissent à la façon d'un arc-en-ciel qui fragmente une lumière unique en un spectre chromatique, mais ils n'utilisent que trois couleurs : rouge, vert et bleu. Chacune peut prendre sur l'écran 256 nuances différentes – 256, car c'est le nombre 2 à la puissance 8, ce qui permet le rangement compact des données en mémoire. La combinaison de ces nuances constitue une palette considérable : il est courant que des graphistes affirment disposer sur Internet de « millions de couleurs ». Exactement : $256 \times 256 \times 256$, soit 16 777 216 couleurs, ce qui dépasse le pouvoir de discernement d'un œil humain, fût-il celui d'un peintre.

Dans la vie virtuelle, cela a tardé à se vérifier. Des machines *true color* (couleur vraie) offrent la palette de près de dix-sept millions de nuances, mais des machines *high color* (couleur forte), avec un chiffrage différent des couleurs, affichent souvent des moires dans ce qui devrait avoir une teinte uniforme. De plus, le calcul de ces millions d'options ralentit les ordinateurs. Les sites d'information ont donc usé de couleurs fiables, vite disponibles, dites *web safe*. Préprogrammées dans les navigateurs, elles s'affichent à l'identique sur tous les écrans. Avec un rangement compact des données numériques, on a ainsi prédéfini 256 couleurs dans les navigateurs. Mais *Netscape* et *Internet Explorer* ont voulu avoir chacun vingt couleurs à eux, donc mal transcrites par l'autre navigateur. Pour un éditeur de site, cela faisait quarante couleurs inutiles puisque les internautes utilisaient l'un ou l'autre navigateur. En fait de millions de couleurs, il n'en est longtemps resté que 216 avec une abondance de vert olive, fuchsia, gris argent ou pourpre qui n'ont pas fait d'Internet le paradis de la création visuelle.

Le choix de la typographie ne raconte pas une autre histoire que celle de la couleur. Le même affrontement a d'abord abouti à l'existence de deux familles incompatibles de caractères : *PostScript* et *TrueType*. L'unification a eu lieu en 1997, avec *OpenType* : en théorie, une typographie peut se décliner sur Internet en 95 156 caractères, de quoi accommoder les signes, accents et spécificités de la plupart des systèmes d'écriture. Mais cette fois, c'est la multiplicité des typographies et leur délicate gestion simultanée dans le système opérationnel de l'ordinateur et dans le logiciel utilisé qui rend une telle abondance peu accessible. Afin d'obtenir un résultat identique sur tous les ordinateurs, le choix se resserre sur quelques familles présentes dans tous les navigateurs et ordinateurs. Les langues latines usent d'une poignée de caractères : Arial, Verdana, Comic, Georgia, Courier, Times.

Privés du libre choix des couleurs et des typographies, les graphistes venus de la publicité ou de la presse écrite pour travailler sur les sites d'information ont connu davantage de frustration que de bonheur. D'autant qu'ils ont dû cohabiter avec informaticiens, ergonomes et, évidemment, journalistes pour concevoir des pages où le contenu rédactionnel n'était pas servi en premier. L'obligation de placer des instruments de navigation pour aller vers une autre page ou changer de rubrique n'est que la première contrainte, incontournable, dans une course d'obstacles qui ne change pas. Aucune création ne se réalise sans un examen attentif du parc technologique dont dispose l'audience visée : puissance des ordinateurs, débit des connexions, navigateurs utilisés, dimension des écrans. Le jeu consiste à ne pas se couper d'une partie des internautes potentiels et, mieux, à devancer l'évolution de leur équipement afin d'optimiser son utilisation.

Certes, la diffusion de logiciels gratuits et donc accessibles à tous, comme le navigateur *Firefox*, fait rêver à un réseau où les choix ne seraient pas dictés par les luttes marchandes. Pourtant, cela ne rendra pas la présentation plus stable. L'utilisation croissante du son, de l'image, de la vidéo repose la question des technologies utilisées et de leur affichage graphique sur la page. Pour le moment, chacun cherche un écho dans le passé : le son est offert avec les boutons d'une pseudo-radio et la vidéo s'inscrit dans une mini-télévision. Mais permettre le réglage d'un volume ou d'aller en arrière ou en avant de façon accélérée ne suffira pas. Il faut que l'internaute édite, stocke et envoie ce contenu audiovisuel, conformément à la tendance qui fait croître le nombre des outils dont il dispose.

Si l'on s'en tient au seul texte affiché sur un écran, la panoplie minimale permet aujourd'hui d'agrandir ou diminuer la taille des caractères, imprimer le contenu, l'envoyer par e-mail, le recommander dans des votes internes au site, le ranger dans un classeur personnel et, cela va de soi, procéder à des recherches. Un site d'information est, au seul plan du texte, dans la situation d'un quotidien tenu d'ajouter aux photos et articles de ses pages, les lunettes du lecteur, les ciseaux, la photocopieuse, les dossiers de coupures, l'index des archives, les enveloppes pour envoyer des copies d'articles à des proches et même l'éponge pour mouiller le doigt qui tourne les pages. On parle déjà du stylo pour souligner les parties du texte jugées importantes. Ce n'est pas une page, c'est une panoplie que reçoivent les internautes et, pour le moment, l'opérationnel prend sans cesse le pas sur l'esthétique.

Mauvaise influence

Les rapports difficiles de la presse électronique avec la presse écrite ne tiennent pas qu'à la « cannibalisation » dont la seconde a longtemps soupçonné la première. Les deux presses ont suivi des trajectoires si opposées que le journaliste en ligne paraît jouir aujourd'hui d'une liberté que son confrère de l'écrit a perdue. Tout part de l'idée d'offrir au lecteur du journal ou du magazine une maquette harmonieuse aux proportions prédéfinies. Dès la Première Guerre mondiale, le quotidien *New York Tribune* s'y était essayé au nom de la lisibilité, tout comme l'école du Bauhaus, en Allemagne, désireuse de supplanter l'idée de « faire joli » par l'esthétique fonctionnelle.

Malgré tout, la maquette modulaire restait impossible à réaliser dans un journal fait d'une foule de petits éléments dont on ne savait prévoir la taille.

L'idée n'a pris corps qu'à la fin des années cinquante quand l'école du design suisse a créé une grille de base découpant la page, à la façon d'une tablette de chocolat, en colonnes et « carrés » où se posent textes et images. Une référence au « module or », le *Modulor,* étalon des proportions parfaites que propose alors l'architecte Le Corbusier, est appuyée par la technologie qui se diffuse peu à peu à partir des années soixante-dix. Photocomposition, traitement de texte, mise en pages sur écran normalisent la longueur des articles et le dessin des maquettes. L'apparition de systèmes informatisés gérant tout, de l'écriture à la mise en pages, finit de piéger dans un flux industriel la vieille bohème des ateliers où la presse préparait ses publications.

Cette révolution débouche sur un paradoxe : la presse écrite a discipliné sa présentation, et ses journalistes remplissent des cases dans des maquettes intangibles au moment où une presse neuve, électronique, bâtit des pages libres de grandir et de se déformer. En regard des principes classiques du design définis par Eugène de Lopatecki – contraste, équilibre, rythme, proportion, unité – les sites d'information ont jusquelà mis en ligne des formes balbutiantes. Ils n'ont pas de vrai contraste car leur contenu rivalise avec les outils de navigation ; pas d'équilibre faute d'un centre de gravité dans la page qui défile sur l'écran ; pas de rythme clair pour orienter l'œil de l'internaute ; quant aux proportions et à l'unité, elles se plient d'abord aux contraintes du code informatique qui décrit la page.

Sur Internet, les sites d'information sont ceux qui « flottent » le plus : pages qui s'allongent en fonction du contenu, colonnes élargies ou rétrécies selon les écrans où elles s'affichent, espaces irréguliers entre les lignes ou autour des images, vides au bas des colonnes, coupes séparant en bout de ligne article et nom ou adjectif et substantif. On est loin de la présentation stable et finie des sites commerciaux et malgré tout l'ensemble possède une allure. Elle tient au regroupement de certains éléments qui forment un tout unique : texte, image, publicité, outils de navigation systématisés et surabondance de liens. On y verrait un style s'il y avait le dialogue graphique entre la forme et le fond qui reste à inventer. Malgré tout, le reste de la presse n'attend pas et s'inspire des écrans en ligne.

Preuve de la puissance du nouveau média, on relève désormais l'influence d'Internet sur les journaux imprimés plutôt que l'inverse. La vogue des quotidiens « tabloïds », « compacts » et petits formats de toutes sortes nés au début du XXIᵉ siècle dépasse de ce point de vue la simple volonté de remise à jour interne de la presse écrite. Les jeunes générations venant à l'information par l'écran, les responsables des journaux tentent de les séduire dans un environnement familier, sur des pages plus resserrées par la taille et plus fragmentées par leur structure que les maquettes des quotidiens grand format. C'est une appropriation de l'approche visuelle globale tout autant qu'une série d'emprunts d'éléments isolés.

« On note un apport du graphisme d'Internet vers le papier, constate Roger Black qui a signé plus d'un millier de maquettes de presse : petits encadrés, baisse de la taille des caractères, et même utilisation plus fréquente de caractères comme le Verdana qui n'ont pas été conçus pour le papier mais pour l'écran de l'ordinateur. » La télévision n'est pas en reste. Il y devient banal de voir le texte de messages de l'audience défilant en bas d'écran afin de démontrer la capacité du média à subir l'invasion de l'interactivité. Les chaînes d'information en continu tentent même de rebâtir sur un écran divisé les proportions classiques des colonnes des sites d'information. Mais le plus effarant reste quand même la radio : jusque-là, elle n'avait pas de forme visuelle et elle n'en a toujours pas sauf lorsqu'elle est diffusée en ligne et qu'elle se plie d'emblée à l'organisation de l'espace et à l'esthétique du journalisme en ligne.

Plus largement, quand, au-delà du direct, des programmes de radio ou de télévision sont proposés en ligne, leur présentation est toujours semblable à celle des sites d'information. C'est la mauvaise influence d'un média dans un domaine où il lui reste presque tout à inventer. Certes, il n'y a pas plus complexe sur Internet qu'un site d'information. Ampleur du contenu, flux en continu, interactivité, publicité : toutes les contraintes sont réunies. Mais pour le moment, les insuffisances abondent dont deux au moins sont patentes.

La première tient à la forme de la page : verticale alors que la majorité des écrans ont une orientation horizontale. Les écrans capables de basculer de 90° n'ont pas connu le succès commercial. La majorité des internautes « scrollent » donc pour faire défiler la page devant une ouverture inadaptée, opération si absurde qu'on n'imagine pas qu'elle soit durable.

Les internautes se lasseront-ils de tourner la molette de leur souris ? Le site du quotidien sportif *L'Equipe* en fait le pari : ses pages occupent un seul écran. Mais qu'il faille après une décennie de journalisme en ligne parier ainsi sur l'avenir en dit long sur les incertitudes qu'affrontent encore les éditeurs.

La seconde insuffisance tient au manque de hiérarchie des informations. Les pages présentent à l'identique un événement historique ou un fait-divers : mêmes caractères, mêmes proportions, même placement des images. Les sites ont une allure, oui ; mais dépourvue de ces nuances où la bonne maquette de la presse écrite, l'annonce habile du sujet audiovisuel font passer le poids et le ton particulier d'une information.

Quand *The New York Times* a résolu à la fin du xixe siècle de devenir un quotidien de référence, son concurrent était le sensationnaliste *The World* de Joseph Pulitzer. Selon l'historien Michael Schudson, il suffisait de regarder les deux journaux pour savoir lequel ambitionnait un journalisme de qualité. « Le *Times*, note-t-il, écrivait pour la personne rationnelle dont la vie était en ordre. Il présentait ses articles comme un savoir utile, pas comme une révélation. Le *World* avait une approche différente ; dans son ton et sa présentation, il créait la sensation que tout était neuf, inaccoutumé, et imprévisible. » Le graphisme d'Internet, aujourd'hui, est plus proche de ce qu'était le *World* que de ce que voulait devenir le *Times*. Il y a là un dilemme pour la presse : en se rapprochant de son dernier média afin de s'associer à son dynamisme et à sa capacité de conquête, elle n'a pour le moment aucune garantie d'être placée sur la trajectoire de la qualité.

5. Le sanctuaire en ligne

Balzac juge que « si la presse n'existait pas il ne faudrait pas l'inventer ». Il puise pourtant dans le vocabulaire du sacré au moment de nommer le lieu où elle travaille. Un « sanctuaire », écrit-il de la salle de rédaction des *Illusions perdues* en offrant la description d'un tapis vert sur une table, de chaises en merisier, d'une pendule d'épicier, de « cartes de visite éparses », de force poussière et de « vieux journaux autour d'un encrier où l'encre séchée ressemblait à de la laque ». Un manchot vétéran d'une guerre napoléonienne est le gardien de ce champ de bataille où chacun jouit « du droit de ridiculiser les rois, les événements les plus graves ».

Ce portrait cynique du demi-monde où s'élance le héros Lucien de Rubempré est précédé et suivi de pans romanesques emplis d'encre, de plomb, de papier et de presses d'impression qui montrent une époque – on se trouve là au premier quart du XIXe siècle – déjà déterminée par sa technologie. L'ouvrage est même bâti sur un aller-retour entre la mise au point de novations techniques et les vieilles intrigues de pouvoir d'une troublante empathie avec nos temps d'émergence d'un nouveau média.

Des propos tels que « le journalisme est dans l'enfance » ou « le journaliste est un acrobate » semblent rapporter la marche de ceux qui inventent la presse sur Internet depuis une décennie. Curieusement, alors que la presse fournit héros et décors à romans et scénarios et que des chercheurs en sciences sociales en font l'objet de leurs travaux, les rédactions en ligne avancent aujourd'hui dans une sorte de désintérêt partagé. Aucune autre forme de journalisme n'a réalisé une pénétration aussi rapide des publics. Pourtant, force est de relever que romanciers, journalistes des autres médias et scientifiques se désintéressent de cette avancée.

C'est au point qu'à rebours de ce qui advint lors de la création des autres médias, la presse se développe sur Internet sans que soient visibles ceux qui la font. Son audience serait bien en peine d'établir une liste des journalistes les plus suivis. Ses rédactions entretiennent des relations parcimonieuses et discrètes avec les détenteurs des pouvoirs politiques et économiques. Quant à son activité, elle ne justifie pas les sagas du profit qui accompagnent *Google*, *Yahoo!* ou *eBay*. Le journalisme en ligne reste une affaire de l'ombre.

Lucien de Rubempré, on le sait, s'appelait en fait Lucien Chardon. Il troque son identité pour un nom qui lui paraît mieux né dès qu'il s'installe dans la rédaction où le mène son ambition personnelle. Les pionniers de l'Internet, eux, vivent pour le moment la poursuite anonyme d'une ambition collective atteinte très au-delà de leurs illusions initiales : établir la presse dans le cyberespace. Si la formulation n'avait tant servi, il serait tentant de décrire leurs efforts comme une de ces révolutions de velours dont on ne comprend qu'après coup que chacun de ses pas change le vieux monde où elle progresse.

Nouveau monde

Il existe au moins un précédent à cette irruption discrète : l'arrivée du livre imprimé dans les bibliothèques. Il n'apparaît pas de façon soudaine : à la fin du XVe siècle, la production de manuscrits se poursuit encore en Europe. Près de cinquante ans après la première impression par Gutenberg, des scribes gagnent leur vie en recopiant des ouvrages à la main. Des livres imprimés sont toujours rubriqués et numérotés à la plume par des calligraphes, enluminés au pinceau par des artistes, quand deux métiers prennent pourtant forme : compagnon typographe et maître imprimeur.

Pour naître, le premier média de masse a dû constituer au préalable un « petit monde » de professionnels, notent Lucien Febvre et Henri-Jean Martin dans leur ouvrage classique *L'Apparition du livre*. Au cœur du processus figurent la formation d'une « mentalité spéciale » chez les compagnons qui « sont des manuels, mais aussi des intellectuels », et l'éclosion parmi les maîtres imprimeurs des figures de « l'éditeur humaniste » et du « libraire philosophe ».

Sans jouer de dénominations aussi précises, Bernard Gwertzman, premier rédacteur en chef du site du *New York Times*, constatait de même l'émergence d'un nouveau monde professionnel sur Internet. « Notre équipe est très jeune », expliquait-il aux internautes en

2001, pour le cinquième anniversaire du site. « C'est une équipe différente de celle que vous trouvez dans le quotidien. Ce ne sont pas des reporters d'un journal. Ce sont ce que nous appelons des producteurs, des éditeurs. Ils construisent des informations. Ils y ajoutent des choses. » Par crainte de ne pas être compris, il se rabattait sur l'image qu'il affichait sur le mur de son bureau : la photographie du premier avion confectionné par les frères Wright. Il pourrait bientôt, affirmait-il, troquer ce cliché pour celui d'un DC-3, mais pas davantage : « On n'en est pas encore aux jets à réaction. »

Comme l'aviation, le journalisme en ligne est le produit de pionniers pris dans une dynamique d'innovation. Ils utilisent des prototypes, parfois des modèles développés, jamais des produits de série car ceux-ci n'existent pas. Beaucoup de sites d'information ont été créés sur une plate-forme numérique utilisant *Vignette*, le logiciel d'une firme américaine éponyme. Une décennie plus tard, la majorité de ces sites, pour réduire leurs coûts et maîtriser leur développement, ont développé des solutions propres. A chaque site sa technologie. Le journalisme en ligne connaît donc peu cet air de famille que partagent les rédactions dans la presse écrite, la radio ou la télévision où, en gros, les outils se ressemblent car il n'y a pas tant de fournisseurs que cela. Sur Internet, d'une rédaction à l'autre, on ne voit pas la même chose sur les écrans des journalistes, et les systèmes informatiques obéissent à des conceptions diverses. Pour garder l'image des débuts de l'aviation : tout le monde vole, oui ; mais du biplan au monoplan, du gros avion au petit, de la toile au bois, les machines diffèrent.

En revanche, de quelque façon que ces pionniers s'installent, dans des bureaux paysagers ou dans un morcellement de pièces, sur un ou plusieurs niveaux, avec des tables isolées ou, au contraire, jointes à la façon des pétales d'une fleur, tous offrent de façon invariable l'image d'un monde horizontal. La configuration en réseau de leur média interdit aux rédactions de s'organiser selon une classique hiérarchie pyramidale. Partout, les cadres dirigent une structure aplatie dont le cœur, repérable de suite, correspond aux personnes en charge de la page d'accueil du site, celle qu'empruntent la plupart des internautes pour débuter leur visite.

Dans son principe même, un site est un flux de contenu journalistique remis à jour en continu. Cela interdit d'utiliser deux clés de l'organisation des autres supports de presse : d'une part, un cycle de production dicté par une heure de livraison au public ; d'autre part, l'action d'un responsable capable de mener l'ensemble du travail d'une journée. Sur beaucoup de sites, aux heures creuses, la nuit ou les jours de fête, les journalistes de permanence travaillent d'ailleurs depuis leur domicile. L'espace et le temps ne sont pas des contraintes intangibles dans l'organisation des rédactions en ligne ; en revanche, elles sont tenues de distribuer leurs ressources en fonction des interfaces, afin de servir aux internautes ce qu'ils demandent.

Les proportions de la recette varient, mais les ingrédients sont les mêmes dans les sites d'information les plus visités, ceux qui de fait assument dans leur offre rédactionnelle la diversification croissante du contenu. La rédaction d'*Univision.com*, site de la première chaîne de télévision en espagnol des Etats-Unis, en est un exemple représentatif. Bénéficiaire, peu concurrencé – langue oblige – mais dans un pays médiatiquement performant, le site a bâti sans pression une solution assez pure, proche de ce que dicte le média lui-même. A la mi-2005, on y trouve : 39 éditeurs de textes, photos et pages pour Internet et les téléphones portables, 13 designers de graphiques et d'images, 8 éditeurs de son et vidéo, 3 programmeurs de projets spéciaux tels que des jeux, 5 éditeurs chargés d'aider ou de modérer l'audience qui s'exprime sur les blogs et forums.

Le temps aidant, comme sur les autres sites, les compétences se rapprochent selon la tendance en passe d'être universelle qui voit disparaître ceux dont le travail se limite à un support unique, texte, image, animation ou vidéo. En revanche, sous des appellations diverses, deux populations prennent désormais le rang de spécialistes à la compétence singulière : les éditeurs qui accompagnent les contributions venues de l'audience et les designers en charge de créations graphiques.

L'ensemble de ces métiers ne se répartit pratiquement jamais dans des rubriques thématiques classiques (Politique, Sport, etc.) mais selon une infinité d'organigrammes bâtis autour de deux critères. Le premier relève de l'opposition entre le chaud et le froid. Une part de la rédaction, où toutes les compétences sont présentes, se consacre à réagir à l'actualité brûlante en mettant en ligne le contenu *asap* (*as soon as possible*, le plus tôt possible), selon la langue vernaculaire de ce métier. Et l'autre partie de la rédaction, où se trouvent les mêmes compétences, anticipe la préparation d'un contenu plus froid.

Le second critère d'organisation, moins visible, mais qui fonde l'identité même de chaque site, tient à la façon dont sa rédaction arbitre entre réactivité et qualité. En principe, tous les sites ambitionnent, comme *Le Monde.fr* le promet à son audience, de fournir « toute l'actualité au moment de la connexion ». Dans la pratique, un délai est nécessaire pour vérifier, compléter, éditer, corriger et enfin publier l'information. D'un site à l'autre, ces exigences diffèrent. Elles sont assumées de façon distincte, avec un effectif plus ou moins large, dans une ou plusieurs cellules de travail, avec un travail soit en flux, chacun intervenant au passage sur ce qui sera mis en ligne, soit en grappe, chacun préparant complètement un contenu fini. Il n'existe pas encore une structure type de la rédaction en ligne. Partout, elle reste le produit d'un processus d'émancipation.

« L'histoire de l'inventivité humaine montre que presque toutes les innovations passent par une phase préliminaire où la solution est obtenue par la vieille méthode, modifiée ou amplifiée par une caractéristique un peu neuve », relève le psychologue Rudolf Arnheim. Les sites d'information ont d'autant mois dérogé à cette étape qu'ils sont presque tous nés à l'initiative d'un autre média qui leur a donné sa marque, son contenu rédactionnel, et son approche du journalisme. Mais en dix années, les meilleurs ont réinventé ce dernier héritage.

L'émancipation

Aujourd'hui, en visitant la rédaction d'un site de qualité, il est difficile de deviner s'il est issu d'un média écrit ou audiovisuel. « L'autre support de diffusion », le « média de complément » qu'annonçaient les lancements des années quatre-vingt-dix est invariablement un champ d'écrans et de claviers où bivouaque une armée toujours en campagne.

Chaque évolution de la presse en ligne a en effet imposé de bâtir des outils informatiques, créer des procédures rédactionnelles, imaginer une dynamique commerciale, bref de tout réinventer. C'est ainsi que les sites qui ont collé à l'évolution du nouveau média se sont éloignés de la culture de l'entreprise qui leur avait donné le jour. Se débrouiller sans cesse pour faire ce qui n'a pas encore été fait, à la longue, change le caractère d'une rédaction. La presse en ligne s'est installée dans une culture à part, un mélange de pragmatisme, d'audace dans l'initiative et d'incrédulité à l'endroit de ceux qui soufflent des solutions sans vivre la vie de constant changement de ce nouveau média.

La liste est longue des inventions apparues en ligne : graphiques animés, diffusion de flux externes en temps réel, interactivité, modération d'internautes, enregistrement d'une audience, portfolio interactif, recherches contextuelles et sémantiques, cession d'archives à l'unité, action simultanée sur un site et une boîte courrier, narration multimédia, flux vidéo individuels, hébergement de l'audience, personnalisation du contenu, etc.

Une étude menée sur 83 sites américains avance que l'innovation constitue pour le moment l'essence du journalisme sur Internet. « Les concepteurs de sites sont sans cesse en train d'expérimenter, ajoutant de nouveaux éléments et abandonnant ce qui ne fonctionne pas. Alors que cette industrie rentre dans sa deuxième décennie d'existence, il est certain que cette expérimentation va continuer », prédisent les deux auteurs, Jennifer Greer et Donica Mensing de l'université du Nevada.

L'indifférence au mieux, l'hostilité au pire, que génèrent les sites dans presque toutes les entreprises de communication qui les ont créés ne tient pas à la seule jalousie de leur réussite. C'est leur marche forcée vers l'innovation qui apparaît incompréhensible. Vue d'un « vieux » média attaché à la seule poursuite du meilleur contenu, la presse en ligne s'apparente à une machine à créer des interfaces. Elle a tout d'un fanatique du jeu vidéo égaré parmi des encyclopédistes.

Vu du « nouveau » média, le reste de la presse semble en revanche hors de son époque, en totale négation de la prépotence des technologies numériques. Le patron d'un site européen fait ainsi rire ses confrères, à chaque rencontre internationale, en citant les propos du rédacteur en chef du quotidien qui a financé son entreprise. Un florilège de trois années balise un vrai chemin du désarroi : « Le site n'est pas au niveau du quotidien » ; « Le site est trop bon, il nuit au quotidien » ; « Le site nuit au quotidien, faites payer très cher » ; « Je ne veux rien savoir du site » ; « Le site est intéressant mais c'est un truc pour les analphabètes » ; « Il faut fermer ce site » ; « Je veux contrôler le site » ; « Le site perd trop d'argent, il mange les bénéfices du journal » ; « Le site ne gagne pas assez d'argent, il devrait couvrir les pertes du journal ».

Ces aphorismes authentiques n'ont pu mordre sur la réalité : les sites figurent à part entière dans la grande presse, aux côtés des publications sur papier, des radios et télévisions, même si l'existence de transferts de contenus entre supports numérisés amène à se demander s'il existe une possible « convergence » des médias. Dans les groupes de communication américains, cette question est devenue d'emblée un débat récurrent avec le pari de NBC de fusionner un site et une télévision d'information en continu dans une entité unique. Pas un site d'importance n'a vu le jour dans les débuts de la presse sur Internet sans que ses dirigeants n'empruntent le tunnel qui va de Manhattan à l'Etat du New Jersey pour voir à Secaucus la salle de rédaction de *MSNBC*, la plus grande du monde, nourrir deux médias et même trois avec la radio. Projecteurs tombant sur des écrans d'ordinateurs, bureaux hauts comme des bars, mobilier monté sur roulettes dans un halo de lueurs lasers : tout favorisait l'impression de travailler dans un plan de *La Guerre des étoiles*. A Manhattan, Bloomberg LP, spécialisé dans l'information financière, utilisait déjà une salle de rédaction numérisée pour une agence de presse devenue aussi radio et télévision. C'est donc avec une façon très new-yorkaise de tendre la main au futur du business que la convergence a pris son envol.

Le terme reste utilisé essentiellement aux Etats-Unis où il a pris une ampleur inouïe : il recouvre cinq aspirations, du financier à l'humain. La convergence capitalistique exprime que les groupes de communication ont vocation à placer tous les médias dans leur champ d'activité. La convergence technologique note la tendance des outils numériques à se rapprocher jusqu'à coïncider dans un écran unique. La convergence des contenus relève qu'il existe une version par média d'une même information et que seul leur regroupement offre un traitement total. La convergence rédactionnelle souhaite grouper les rédactions dans une entité unique qui nourrit des médias différents. Enfin, la convergence journalistique réclame des professionnels plurimédias capables de passer d'un support à l'autre avec le même talent.

La convergence des contenus dans un écran est déjà visible avec une technologie unique, Internet, mais au-delà, la validation du concept se fait attendre. « Convergence ? Je diverge », dit Peter Jenkins, directeur des Etudes comparatives des médias au MIT, en affirmant qu'« il n'y a aura jamais une boîte noire qui contrôle tous les médias ». Une seule cathédrale de la convergence a été érigée, en 2000, à Tampa, en Floride : « The News Center », un bâtiment conçu pour accueillir les rédactions du journal *Tampa Tribune*, de la station de télévision WFLA-TV et du site *TBO*.com. Suivis tels des rats de laboratoire par des chercheurs de facultés de communication ou de journalisme, les journalistes des trois médias n'ont démontré depuis aucune hausse de la qualité de leur travail ou de la rentabilité de leurs entreprises.

Déjà, en leur temps, la création de la radio, puis de la télévision n'avaient vu prospérer aucune fusion de rédactions en dépit de plusieurs essais. La tentative a repris autour d'Internet sans, jusqu'ici, avoir bâti un exemple convaincant. MSNBC produit télévision par câble et site avec une rédaction intégrée depuis ses débuts, mais la télévision par câble qui préexistait à l'expérience n'a cessé de perdre des places dans la lutte pour l'audience. A l'inverse, *USAToday*, qui tient séparées les rédactions de son site et de son quotidien triomphe sur les deux fronts. Le *Washington Post* et le *Wall Street Journal* ont maintenu cette même séparation puis ont rapproché leurs rédactions sans que leurs résultats financiers, certes positifs, s'en trouvent bouleversés. Le quotidien *Chicago Tribune* a tenté d'employer la rédaction du quotidien pour Internet puis fait machine arrière avec de simples transferts d'articles. *The New York Times* s'est, lui, lancé dans « l'intégration » des rédactions de son journal et de son site, afin que les journalistes en ligne fournissent pour partie « l'ADN de la rédaction ».

Si on préfère l'arithmétique à la génétique pour décrire ces essais d'outre-Atlantique, on doit relever que l'addition de rédactions n'a pas encore convaincu alors que la division du talent s'esquisse avec des journalistes qui travaillent à la fois pour Internet et un autre média. Cela révèle la lacune originelle du concept de convergence : il oublie que les technologies numériques changent les professionnels de la presse plus qu'elles ne poussent les médias les uns vers les autres. Plutôt qu'un métamédia propre à faire converger tous les supports dans son écran, Internet n'est peut-être qu'un média supplémentaire, mais un média si multiple qu'il amène les journalistes à passer d'un support à l'autre. En somme, à diverger.

La mutation

Pour le moment, les journalistes en ligne sont moins le produit de leur média que d'une histoire. Presque tous ont un vécu identique, issu des tourments de leurs entreprises : changements de stratégie, valses de responsables, éclatement de la bulle financière Internet, réductions des coûts, renouveau technologique, et rituelle prophétie par des confrères d'autres médias de l'insolvabilité de leur secteur. Ils en ont tiré une résolution discrète, implacable, jamais exprimée et qui pourtant se devine dans une vision commune de leur condition, par exemple quand ils témoignent de leur histoire dans un colloque : ce sont des survivants.

Leur épopée de pionniers du cyberespace les a dotés de qualités spécifiques et très visibles : aisance à penser la technologie, familiarité avec un grand nombre de logiciels, humilité dans la relation avec l'audience, absence de préjugés dans la conception de l'information. Ce sont des pragmatiques qui ignorent l'arrogance, et connaissent même une sorte de déconsidération. Bénéficier d'un moindre traitement est partie intégrante de la condition de journaliste en ligne.

Étonnamment, les rédactions Internet qui répondent à des attentes neuves du public, élargissent l'audience, et donc, pour le moment, incarnent le futur de la presse, ne figurent pas au premier rang dans les groupes de communication. Cela se vérifie sur tous les continents. Partout, l'examen des symptômes classiques du statut – locaux, salaires, ampleur des secrétariats, notoriété, expression publique, proximité de la direction, places de parking, position dans l'organigramme, etc. – donne même à penser que les porteurs de l'avenir numérique restent des figures dévaluées à dessein.

Une explication tient à la solidarité des professionnels en place face au nouveau venu. Lorsque les journaux gratuits naissaient dans un pays au cours des dernières années, les quotidiens payants affirmaient ainsi qu'il ne s'agissait pas d'une vraie presse. Mais dans le cas d'Internet cette inquiétude se double d'une incertitude : ce média change trop vite pour que l'on devine ce qu'il deviendra. Chacun pressent que cette presse, qui se frotte à toutes les autres formes de presse, reste en deçà de son potentiel. Elle a trop peu vécu pour que l'on sache à quoi s'en tenir. Sur ce point, les journalistes en ligne rejoignent leurs confrères des autres supports : entre les progrès technologiques et la maîtrise du nouveau média, le plus gros reste à faire.

Un bilan de la première décennie de la presse en ligne, dressé dans *Online Journalism Review*, s'achevait ainsi sur le constat d'une attente déçue : « La grande promesse qui nous faisait voir cela comme une nouvelle forme de journalisme n'a pas encore été complètement réalisée », avoue Nora Paul, enseignante spécialisée dans la formation de journalistes pour Internet. « Les nouvelles méthodes pour préparer et diffuser des informations qui retiennent le public sont très loin d'être complètement développées. »

La presse en ligne offre même un apparent paradoxe : elle est la seule à accroître son audience de façon sensible alors qu'elle se consacre peu à la collecte de l'information. L'essentiel de ses ressources est mobilisé par la dissémination de ce que produisent d'autres médias et sa propre audience. Sa promesse ultime paraît être de ne rien posséder en propre, mais d'en garantir la distribution à tous. Le procès qui faisait d'elle une presse grandissant aux dépens des autres tel le coucou s'est finalement estompé sans que soit perçue la mutation du journalisme réalisée par ses rédactions. Travailler en ligne suppose d'avoir une autre approche de l'information et de s'inscrire autrement face au cycle des nouvelles.

C'est le concept littéraire de la métafiction qui évoque le mieux l'approche du journalisme en ligne. Cette forme romanesque, chérie par les romanciers Laurence Sterne ou Italo Calvino, est une fiction consciente de son statut et qui en joue. Par exemple, dès la première phrase des *Aventures d'Huckleberry Finn*, le narrateur dit qu'on sait tout de lui, Huckleberry, si on a lu ce qui lui est advenu dans les *Aventures de Tom Sawyer*, qui est un roman, et si l'on connaît Mark Twain, qui en est l'auteur. Un personnage a donc lu, comme tout lecteur, un livre de fiction où il figure pourtant déjà comme un personnage et où il parle de son auteur. Livre, lecteur, auteur et personnage sont dans le même univers. Avec la métafiction il n'y a plus de séparation nette entre l'audience et l'œuvre, la fiction et le monde réel.

Le journalisme en ligne s'inscrit dans cette continuité. Sur Internet, une information se publie avec la nécessaire conscience de son statut : elle est placée dans un univers où il n'y a pas de séparation nette entre l'audience et la presse, les faits et l'information.

L'internaute s'exprime autant que le journaliste, et les faits sont dispersés dans un flux mêlant archives et actualité, information brute des agences et versions éditées pour l'écrit, l'audiovisuel, le multimédia. Comme Huckleberry s'adressant aux lecteurs, le journaliste en ligne parle à une audience qui n'est pas innocente et qui trouve partout les mêmes personnages et les mêmes auteurs, parfois même qui a déjà lu, vu, entendu ou commenté une autre œuvre qui raconte la même histoire. Elle visite un site pour connaître, dans un autre récit, une reconstruction de l'information. Voilà l'approche essentielle du journalisme en ligne : offrir une métaversion.

Ce travail ne dédaigne pas la collecte de l'information, mais il n'ignore pas qu'il devra dépasser ensuite, par son récit, les autres récits qui abondent. Et comme audience, faits et informations ne sont pas séparés en ligne, c'est désormais sur le réseau que se trouvent les informations les plus inaccessibles : des photos, envoyées par des soldats, prouvant des exactions dans une prison militaire en Irak ou, au détour d'un blog, les propos tenus lors d'un séminaire à huis clos réunissant à Davos les hommes les plus puissants du monde.

Cette richesse du réseau, où, tôt ou tard, tout se trouve en ligne, lui assure de dicter le rythme de la presse. L'urgence d'une nouvelle n'est plus aujourd'hui qu'un reflet de son déploiement sur Internet. Le journal écrit ou audiovisuel plie l'information à un rythme quotidien ou horaire ; le nouveau média, lui, joue de deux extrêmes : l'accélération totale, le *newsbreaking*, qui émulsionne l'enchaînement faits/réactions dans une catharsis de l'actualité, ou bien, d'ordinaire, la négation de l'écoulement du temps avec le voisinage de contenus journalistiques produits à plusieurs jours d'intervalle.

Internet n'accélère pas le cycle de l'information, il le dépasse. C'est au point que, lorsque l'actualité chemine à une allure de routine, beaucoup de sites utilisent des algorithmes pour changer de place, à intervalles réguliers, titres et images afin de créer l'apparence d'un flux renouvelé de l'actualité. Des systèmes numériques dictent le tempo, au propre et au figuré, d'un produit journalistique.

Outils et confrères numériques

Croire, position répandue parmi les journalistes, qu'avec l'arrivée d'Internet la partie se joue entre un média nouveau venu et les médias déjà en place revient à nier une évidence : les technologies qui permettent l'avancée du nouveau média vont intervenir dans le processus de travail des autres supports. Elles affecteront la forme et le fond de ce qui sera offert aux audiences. Aucune rédaction n'est assurée de demeurer un sanctuaire balzacien où la poussière se dépose sur un univers immobile.

Depuis septembre 2001, on trouve même un nouveau type de sanctuaire sur le site du *Newsblaster*, un projet de recherche de l'université de Columbia. Une page d'accueil offre en ligne les informations du jour, avec titres, résumés, photo pour le titre principal, liens vers d'autres pages. Le tout est un espace journalistique qui pourrait gagner en élégance, mais dont la préparation est unique : « Il n'y a pas d'éditeurs humains impliqués, explique-t-on sur le site, tout ce que vous voyez sur la page d'accueil est généré automatiquement à partir des sources mentionnées sur le côté gauche de l'écran. »

Quelques fautes de langage, un anglais parfois lourd trahissent que des algorithmes font toutes les tâches d'édition : prendre connaissance des nouvelles circulant dans le monde, grouper, hiérarchiser, écrire une synthèse, faire un sommaire. Pour les auteurs du projet, il n'est « absolument pas » question de se passer des journalistes. Ce sont eux qui produisent l'information, mais pour la mise en forme et la publication, des confrères non humains prennent le relais.

Avec une portée plus modeste, la page d'accueil du site du *Monde.fr* se découpe de même en trois zones distinctes où humains et algorithmes se répartissent les tâches. Dans l'une, le choix et l'ordre des informations est géré par des humains ; dans une autre, un algorithme renouvelle l'affichage de contenus sélectionnés par des humains en déplaçant titres et photos ; dans le dernier espace, cet algorithme étudie seul certaines données – existence de photos pour accompagner un titre, temps écoulé depuis la mise en ligne de l'information, rubrique en jeu, etc. – afin de bâtir un sommaire offert aux internautes. Les journalistes partagent ainsi une partie de leur champ de décision avec des algorithmes sur les sites qui ont plusieurs pages d'accueil, comme celui de la *BBC*, ou qui veillent à placer des informations traitant de la région où s'est connecté l'internaute, comme *MSNBC*, ou encore qui personnalisent les pages en fonction de préférences préenregistrées, ce qui devient très répandu.

Dans la presse, les technologies numériques n'étaient jusque-là que des outils. Elles ont permis d'alléger le travail des équipes de télévision, de réinventer le montage. De même, la gestion numérique d'une radio, avec décrochages et pré-programmations, a permis une vraie information en continu. Dans la presse écrite, la numérisation de toutes les tâches entre la rédaction et l'imprimerie (composition du texte, gravure de l'image, maquette, montage) a abouti en deux décennies à la disparition de l'atelier dit de « pré-presse ». Mais ce n'était qu'une première phase dont les journalistes ont pu se tenir à l'écart. L'évolution qui s'amorce dans les rédactions en ligne annonce désormais un débarquement plus ample : après les outils, voici les confrères numériques. Ils travaillent dans le contenu de l'information, ce qui constitue un saut qualitatif, et ils peuvent traiter chaque membre de l'audience comme un cas particulier, ce qui dépasse les capacités d'une rédaction composée d'humains.

L'avant-garde de cette technologie n'a pas de nom établi, juste trois lettres : RSS. Une querelle de standards techniques oppose *Rich Site Summary*, *RDF Site Summary* et *Really Simple Syndication*. De là ces trois seules initiales communes : RSS. Programmé par un internaute, le RSS trouve l'information sur Internet en fonction de son contenu et non pas du seul endroit où elle est rangée. Il surveille mises à jour et nouvelles versions. Il rassemble le tout dans des pages qu'il pousse vers l'internaute. En utilisant titres et descriptions des fichiers, il traite aussi le son et l'image. Il agit brutalement et ignore la page d'accueil des sites Internet, des sites de journaux, de radios et de télévisions afin de ramener ce qui lui paraît pertinent. Il démonte littéralement les médias diffusés sur

Internet afin de remonter un ensemble personnalisé pour un internaute.

Le RSS est l'esquisse de ce que permet le développement de systèmes sémantiques. « On va en direction de systèmes qui savent, apprennent et raisonnent comme des humains le font », prédit *The Seybold Report*, bulletin de la plus fameuse entreprise de conseil en matière de technologie pour la presse écrite. L'ambition de cette révolution sur l'immense système que constitue Internet est de ne plus avoir besoin d'un humain, comme c'est le cas aujourd'hui, pour trier et valider les propositions d'un moteur de recherche de type *Google*. A cette fin, chaque information est donc rangée non pas en fonction d'un code, ou du logiciel nécessaire pour la consulter, ou même du contenu (ce que l'on trouve dans son texte, dans les images ou le son), mais de sa sémantique, c'est-à-dire de ce qu'elle signifie sur le fond. Ainsi Internet n'est plus une bibliothèque où il faut naviguer dans les pages, mais une base de données dynamique capable de répondre aux demandes.

Les pronostics divergent – de quelques années à deux décennies – sur le délai pour que le qualitatif remplace ainsi le quantitatif dans des systèmes transparents, mais le mouvement est en marche : le *World Wide Web*, le plus gros des réseaux d'Internet, où de fait se trouvent tous les sites d'information, a défini en février 2004 les normes techniques permettant ce développement. A terme, des tâches journalistiques visant à trier et rapprocher des informations, à en replacer certaines dans un contexte, écrire des résumés et produire des sommaires, seront assumées par des équipes mêlant humains et algorithmes. Ces

derniers sont déjà à l'œuvre et peuvent même revendiquer un succès face à la presse gérée par des
humains : la percée des blogs. Sans les RSS, qui sur-
veillent leur mise à jour et les adressent aux internautes, les blogs auraient traîné sur le chemin de leur
audience. Le contraire s'est produit : une division
futuriste des tâches où les humains produisent le
contenu et les algorithmes assurent la meilleure
distribution.

On estime qu'il se crée un blog à chaque seconde
dans le monde. Au printemps 2006, leur nombre
dépasserait soixante millions. La grande presse
célèbre cette « blogosphère » en relevant la finesse de
ses éléments. Certes, un blog peut traiter d'une sous-
espèce animale, de la vie privée d'une personne, des
élèves dans une classe, du jeu d'une poignée de pas-
sionnés. Mais, une fois encore, pointer ce contenu
revient à voir le fond d'un média de niche promis à
une audience minuscule, dans un univers où les
médias de masse gardent leur influence. La lucidité
dicte au contraire de s'attacher à la forme. Non seulement le blog, généré par l'audience et distribué par
des algorithmes, se passe de la presse, mais il
démontre à ses utilisateurs qu'on peut s'affranchir des
conventions du journalisme – l'article, le reportage,
l'enquête, etc. – qui permettraient de raconter le réel.

L'invention du blog, peut être attribuée à Conan
Doyle relatant les aventures du détective Sherlock
Holmes. On connaît l'astuce du romancier pour bâtir
sa narration : il place un des personnages, le docteur
Watson, dans la position d'un témoin actif, commen-
tateur en charge de recueillir les faits et de compiler
travaux et réflexions du détective. Le récit feint de

s'en tenir au recensement des éléments qui comptent dans la résolution d'un mystère policier. Watson lui-même ne cesse de se présenter comme un auteur qui tient ses notes à jour avant de passer à l'étape de rédaction qui permettra la publication. Littéralement, il tient le blog des aventures de Holmes à la façon dont un blogueur aujourd'hui suit un thème ou un événement en ligne en mêlant ses réflexions à des faits recueillis pour leur pertinence.

A tout le moins, chez Conan Doyle une trame romanesque lie l'ensemble des informations. Il n'y a rien de cela dans les blogs où la façon même de travailler des journalistes est méthodiquement rejetée. D'abord, il y a l'adieu à l'idée d'une parution régulière ; le blog suggère que le journaliste qui remplit l'édition d'un journal écrit ou audiovisuel quoi qu'il arrive se livre à un remplissage souvent vain tandis que le blogueur a l'honnêteté de s'exprimer seulement quand il y a quelque chose à dire. Ensuite, l'idée même d'une forme journalistique disparaît ; le blog s'affranchit des astuces du journaliste qui soigne la première phrase ou la première image d'une information qui sera conclue par une chute après des transitions artificielles aussi grosses que des ficelles que le blog ignore avec une suite de fragments. Enfin, toute idée d'une compétence de la presse est battue en brèche par l'ampleur des intervenants de la « blogosphère » où, quel que soit le sujet traité, il se trouve un spécialiste plus averti que le journaliste et qui ne manque pas de pointer ses faiblesses. Et, bien sûr, le blog est la technologie la plus ouverte du réseau : interactivité oblige, l'internaute y place sa réponse ; multimédia oblige, tous les supports y cohabitent, textes, images et sons.

Le blog est le point où journalistes et audience se confondent dans l'absence de toute modalité d'expression journalistique. L'émission d'information ainsi réalisée paraît si pure, si peu « médiatisée », que les professionnels du marché s'y ruent désormais. Des entreprises y placent des flogs (*fake blogs*, faux blogs) afin d'y faire la publicité de leur produit. De leur côté, les cabinets d'études de marché révisent systématiquement la « blogosphère » pour savoir comment sont reçus des produits, des marques ou des personnes. Le blog est à la fois un leader d'opinion, celui qui diffuse, et un médiateur de la société, celui qui recueille. L'association de ces deux tâches était jusque-là le monopole d'une seule institution : la presse.

6. La centrifugeuse numérique

Les consultants d'entreprises ont une bible : le magazine *Harvard Business Review*. Dix fois par an, la poignée d'articles que comporte cette revue éditée par l'école de management de l'université américaine peut changer la marche des entreprises sur toute la planète. Dans toutes les langues, pour tous les secteurs, il s'agit de la publication qui donne à repenser le cours des affaires. Et depuis que la revue existe, rien n'a donné davantage à réfléchir que la question posée dans le titre de l'article le plus souvent vendu et revendu dans des opuscules tirés à part : *What is your business ?* (Quel est votre métier ?)

Cette question se pose dans sa nudité brutale chaque fois qu'une activité doute de son avenir. Dans l'article en question, la portée de cette quête est exposée sous la forme d'une parabole. Elle traite de la percée des chemins de fer dans l'Ouest américain grâce au fusil de Buffalo Bill et de quelques pionniers. Le déploiement du « cheval de fer » a enrichi les dynasties qui ont dû ensuite se prononcer sur l'offre du secteur naissant du camionnage.

Les nouveaux rois du rail voulaient-ils investir dans les premiers camions ? On sait leur réponse : refus sans appel. Les malheureux croyaient que leur métier était le chemin de fer. Leur faillite ou celle de leurs descendants a montré que leur activité était le transport, et non le rail. La route offrant la livraison à domicile avec de meilleurs coûts, ils ont eu tôt fait de sortir du marché.

L'arrivée d'Internet pose aujourd'hui la même question à l'ensemble des entrepreneurs du secteur de la communication : quel est votre métier ? Est-ce d'acheter du papier bon marché, d'y déposer de l'encre pour le revendre ensuite plus cher ? Est-ce de rassembler une audience autour d'un signal de radio ou de télévision diffusé gratuitement avant de vendre cette audience aux annonceurs ? Ou bien est-ce de produire de l'information et de la céder en se montrant agnostique à l'endroit du support utilisé, pourvu qu'il s'agisse de journalisme, ce métier que, quoi qu'en disent les blogs, tout le monde n'est pas à même de pratiquer ?

D'ordinaire, connaître son métier suffit pour arrêter des choix stratégiques et choisir un modèle économique. Ainsi le transport est d'abord un arbitrage entre coût et commodités pour des personnes et des marchandises, et ensuite un choix de politique tarifaire. Mais pour la presse rien n'est aussi simple. Fragmenté entre écrit et audiovisuel, médias de masse et médias spécialisés, abonnement et publicité, concurrence et – en France – aides de l'Etat, ce secteur ne possède plus de repère universel au moment de décider du moyen de s'adapter à l'arrivée d'Internet. « Nous n'avons pas de futur car notre présent est trop volatile. Nous nous en tenons à une gestion de risque », avoue un personnage de William

Gibson, un romancier qui tente de conter notre monde connecté. La presse vit cette situation, qui ferait fuir tout assureur : assumer le risque sans rien savoir de l'avenir.

Les modèles de l'économie nouvelle

On connaît le dessin des deux aventuriers d'Internet penchés sur un ordinateur. « Avec ce site, dit l'un, je suis devenu milliardaire en six mois. » « Ça fait long », déplore son compère. La bulle financière qui a accompagné le développement d'Internet a dérangé les esprits. Près de cinq ans après son éclatement, peu de personnes connaissent les phénomènes économiques persistants qui ont succédé à l'euphorie puis au désarroi des débuts.

Le texte ayant été le premier élément sur Internet, la presse écrite s'est d'abord mobilisée sur le nouveau média. Les quotidiens ont tenté d'appliquer leur mode de gestion aux sites en traitant le réseau comme un canal de distribution. L'échec du « payer pour lire », tenté par *The New York Times* dès 1995, a aussitôt montré qu'en ligne, il serait impossible de travailler à l'identique. « Le nombre d'abonnements que nous pouvions recruter était sans commune mesure avec les recettes publicitaires attendues, et notre audience était ridicule », se souvenait, en 2003, Martin Nizenholtz, patron de la filiale Internet.

En fait, ce modèle du paiement a remporté un seul succès, ambigu : celui du *Wall Street Journal*. Fin 2004, il revendique plus de 650 000 abonnés qui règlent 59 à 79 dollars par an. Mais ces abonnements payés pour l'essentiel par des entreprises, et non par des lecteurs, préexistaient à Internet car le journal vendait de longue date un abonnement à une base de données professionnelles, le *Dow Jones Wire*.

Dépourvus d'un tel atout initial, la majorité des sites d'information ont opté pour la gratuité, en espérant l'apport de la publicité. Ils ont souffert de difficultés financières en 2001 et 2002 après l'éclatement de la bulle. La restructuration du marché publicitaire début 2003, suivie d'un développement exponentiel, a pourtant fini par entériner le modèle. A une condition : que le marché linguistique soit d'une taille suffisante. C'est le cas dans le monde anglophone, mais cela demeure plus tendu pour les sites en langue française, allemande, italienne ou espagnole.

D'où le lancement de modèles mixtes, à la fois gratuits et payants. En faisant payer des archives, la reproduction du journal sur papier, ou même un contenu spécifique, ces sites mènent la presse vers les modèles distinguant des catégories de consommateurs, à la façon dont le transport aérien sépare classe économique et classe affaires. Les technologies numériques permettent cette dissociation sans engendrer les forts coûts que supposerait la fabrication de deux quotidiens ou deux magazines. C'est le site Internet du *Monde* qui a créé ce modèle, en avril 2002, suivi du *Financial Times* le mois suivant. Pour *Le Monde.fr*, les recettes d'abonnement sont parvenues au niveau de celles de la publicité, permettant à l'activité du site d'être rentable.

Tous les secteurs économiques s'essayant à travailler sur Internet ont ainsi bâti des solutions sur le tas au point d'établir une panoplie plus riche que dans toute autre activité. Un catalogue devenu classique dressé par le professeur Michael Rappa, de l'université de Caroline du Nord, distingue, début 2005, neuf modèles économiques en ligne dans le monde avec quatre à neuf déclinaisons pour chacun. Leur revue d'ensemble montre une économie numérique protéiforme.

Le paiement à l'*utilisation*, qui reproduit une transaction commerciale classique, s'est d'abord heurté à l'absence d'outils de micro-paiement. Maintenant que le règlement en ligne par carte bancaire suscite peu de méfiance, le modèle se développe et oublie que la pornographie sur Internet en a été le précurseur. En revanche, les *courtiers* qui mettent en relation acheteurs et vendeurs ont tout créé eux-mêmes, qu'il s'agisse d'enchères (*eBay*), de ventes classiques (*Orbitz*) ou innovantes (tel *Priceline.com* qui laisse les acheteurs fixer le prix).

Les *infomédiaires*, qui collectent l'information pour élaborer des campagnes de marketing ciblé, copient les entreprises similaires du monde réel. Tout comme les tenants du modèle d'*affiliation* qui favorisent, contre commission, les transactions commerciales. Pour ces deux catégories, l'innovation se limite à travailler en ligne. A l'inverse des modèles dits de *sortie directe* qui utilisent, eux, Internet pour supprimer des intermédiaires. C'est ainsi que Dell a conquis sa position de leader mondial des fabricants d'ordinateurs. Mais de nouveaux *intermédiaires marchands* se sont aussi créés sur le réseau grâce à la puissance des références. C'est le cas des bouquinistes ou antiquaires en ligne qui font visiter d'un coup des milliers de vendeurs. Enfin, on trouve le modèle *communautaire*, proche de la coopérative ou de l'association, et ceux de la *publicité* et de l'*abonnement*.

Face à ce morcellement, les groupes de communication ont tâtonné plus que jamais. L'hésitation entre abonnement et publicité, avant de trouver la troisième voie, a pour origine l'impossible alternative qu'affrontaient leurs dirigeants. Ils devaient choisir entre un modèle de gestion préexistant au numérique, qui avait fait ses preuves mais ne pouvait s'adapter au nouveau contexte, et un modèle numérique qui restait à inventer.

Début 2005, la lutte des trois modèles a vécu dans les sites d'information. Il n'y en a plus que deux. Le « tout payant » ne s'est pas imposé. Les Etats-Unis, premier pays en ligne, offrent des chiffres définitifs : parmi les 1 456 quotidiens disponibles sur Internet, *The Wall Street Journal* est le seul titre national payant pour la quasi intégralité de son contenu ; il n'est accompagné que d'une quarantaine de petits titres locaux. En revanche, le marché de la publicité sur Internet représente 8,9 milliards de dollars, dont plus de 3,5 milliards pour les sites d'information, en hausse de plus de 50 % entre 2003 et 2005. La majorité des sites d'information restent donc gratuits et rentables. Le site du *New York Times* collecte désormais plus de 100 millions de dollars de chiffre d'affaires entre publicité et petites annonces.

Hors des Etats-Unis, donc là où la taille du marché publicitaire est plus réduite, le modèle en expansion est le mixte. Les sites créés par des médias audiovisuels, qui préféraient la gratuité conformément à leurs origines, s'alignent également sur le choix de leurs confrères venus de la presse écrite. Partout, des services divers justifient la perception d'abonnements d'une partie de l'audience : contenu spécial, pistage de mots-clés, agenda d'événements pour des professionnels, participation à des forums d'abonnés, etc. La diffusion de vidéos, très répandue depuis 2005, est installée dans la partie payante car elle requiert pour sa diffusion sur le réseau des ressources qui comportent un coût significatif. Au total, tous les sites ont bricolé pour inventer des recettes.

Les avatars du site du quotidien *El País* symbolisent cette quête intense du bon modèle. Le journal appartient au groupe espagnol Prisa qui a connu le succès dans la quasi-totalité des médias. Après un lancement éblouissant, le site *Elpais.es*, entièrement gratuit, a compté plus de quatre millions de visiteurs uniques en 2001, entre Espagne et Amérique latine. L'effondrement de la publicité en 2001 l'a conduit à limiter l'accès à des abonnés en novembre 2002. Tarif annuel : 80 €. Les résultats ont déçu, ne dépassant pas trente mille abonnés. Le site a raté la reprise publicitaire de l'automne 2003. Et l'audience s'est effondrée au profit d'un concurrent direct, le site du quotidien *El Mundo*. Prisa a donc à nouveau modifié sa politique. En mai 2005, la majeure partie du site est redevenue gratuite, pour profiter de la publicité, et l'autre partie est accessible uniquement sur abonnement.

Parmi les neuf modèles économiques d'Internet, la presse a choisi à la fois l'abonnement et la publicité, devenus les parents d'un modèle mixte dont l'avenir n'est pas assuré pour autant. Il avance en effet dans un monde de la communication où la concurrence est bouleversée.

La nouvelle concurrence

Ce qui reste immuable depuis les débuts de la presse sur Internet, c'est le mélange de la concurrence. Dans tous les pays, les palmarès d'audience juxtaposent des sites issus de la télévision comme de la radio ou de la presse écrite. En France, dans la seconde moitié des années quatre-vingt-dix, TF1, *Le Monde*, *Le Nouvel Observateur* et Europe 1 se sont ainsi présentés sur la ligne de départ de la même course au numérique alors que dans leurs activités classiques ces entreprises échappaient au face-à-face de la confrontation directe.

« La concurrence sur Internet ne connaît pas de limites », a prophétisé d'emblée Michael Porter, un pape de la stratégie d'entreprises, et rien, jamais, n'a démenti ce propos. Internet ne connaît ni les barrières à l'entrée qui permettent à une entreprise d'interdire l'accès à son marché, ni les barrières à la sortie qui retiennent la clientèle. Internet est même si neuf qu'il remet au goût du jour un concept économique que l'on croyait disparu, celui de la concurrence pure et parfaite. Comprendre son économie revient à réviser ce qui semblait être un cas théorique et non pratique.

C'est en 1877 que l'économiste français néoclassique Léon Walras a énoncé dans son traité *Eléments d'économie politique* les principes de la concurrence pure et parfaite. Elle suppose, dit-il, cinq conditions. Il y a d'abord l'atomicité des acteurs : nul n'est assez gros pour modifier les prix sur le marché. Deuxième condition : entrée et sortie libre des concurrents sur des marchés qui restent ouverts. Les troisième et quatrième conditions garantissent que ce qui sert à la production circule librement et que nul ne cache l'information sur les prix ou les techniques. La dernière condition relève de la perception des produits par le consommateur : ils doivent paraître aisément substituables, choisir un bien ou lui préférer un autre bien revient au même.

Pour leur plus grand étonnement, les gestionnaires de groupes d'information ont constaté que sur Internet, Walras n'est plus un théoricien. Il raconte la réalité du numérique. Les quatre premières conditions de la concurrence pure et parfaite existent en ligne de façon caricaturale. Le nombre des sites semble illimité, les plus puissants ne sont jamais en mesure de dominer le réseau. Chaque jour voit la création de sites ou leur disparition. L'information peut être produite en tout point de la planète, avec des techniques bon marché et disponibles en téléchargement. Quant à la substitution, cinquième condition, des moteurs de recherche offrent des listes complètes pour passer d'un produit à un autre. Sur le réseau, chacun se trouve à un clic de son concurrent.

Ecrivant au cœur de l'émergence du capitalisme industriel, Walras ne pouvait imaginer pareille fluidité dans la substitution, mais ce serait une erreur de saluer sans réserve la réalisation de sa cinquième condition. L'économie en ligne du début du XXIe siècle doit se saisir avec prudence des concepts énoncés à la fin du XIXe siècle. Certes, Internet permet d'aller instantanément d'un produit à l'autre, mais aucun produit en ligne n'est resté ce porteur de valeur qu'était tout produit industriel lors de l'émergence du capitalisme.

Dans un double mouvement contradictoire, Internet retrouve en effet la concurrence nue où est née l'industrie tout en brisant les fondements de cette même industrie. La logique des économies d'échelle – plus on produit, plus les coûts baissent – n'a pas cours en ligne. A la crainte récurrente d'une concentration du pouvoir dans les mains de quelques entreprises, se supplante l'asphyxiante prolifération des sites sur le réseau. Hier, l'industrie imposait son offre grâce aux coûts permis par la technique ; aujourd'hui, sur Internet, la technologie soutient et prolonge la demande des internautes. La logique économique est bouleversée : il ne s'agit plus de posséder mais de circuler. Comme le souligne l'économiste Jeremy Rifkin, « l'ère de la propriété s'efface au profit de l'âge de l'accès ».

La chaîne de production est banalisée : fabriquer et diffuser est à la portée de tous. Bien sûr, fabriquer en masse et diffuser en nombre n'est possible que pour quelques entreprises – il faut gérer un système, assurer une fiabilité technique. Mais toute personne peut faire son propre média : autrefois une page personnelle, maintenant un blog. L'adresse électronique et les moteurs de recherche permettent de tenir boutique aux entreprises les plus puissantes comme aux internautes solitaires. Contrôler un marché devient impossible parce qu'aucun segment d'un réseau ne peut être défendu par un investissement industriel ou commercial. Du coup, la concurrence est si pure, si parfaite, que désormais nul n'y est sûr de rien garder alors que tout le monde semble en mesure de tout avoir. C'est le paradoxe du dénuement ultime : le trop-plein pour tous.

Internet et la technologie numérique agissent en effet à la façon d'une centrifugeuse implacable et paradoxale. Avec l'aide du réseau, tous les ensembles sont démembrés afin de faire de chacune de leurs composantes des produits finis. Ainsi en musique, des « albums » se décomposent en chansons acquises ou volées en ligne à l'unité, qui sont des fichiers au format MP3 téléchargés sur des lecteurs numériques avant qu'un nouveau dépeçage transforme leurs mélodies en sonneries de téléphone, etc. Il en est de même pour les médias. La technologie permet de les réduire en ligne à une suite de textes, de photos, de liens, voire de sous-produits dérivés de dépêches, etc.

Mais la même centrifugeuse – voilà son côté paradoxal – initie également un mouvement centripète. Elle propose, à l'inverse, de prendre des fragments de musique pour les grouper en bande originale, CD, *best of*, compilation – les termes abondent – qui sont autant de créations uniques indissociables de la personne qui les agrège.

Les sites d'information qui proposent à chaque membre de leur audience d'envoyer des nouvelles par e-mail n'agissent pas autrement en faisant de leur client un concurrent qui découpe et transmet une information dont on ne sait si elle est dès lors un produit fini ou la matière première d'une nouvelle utilisation réalisée ailleurs par un inconnu en ligne, etc. Au stade ultime de la concurrence pure et parfaite, l'atomisation totale des produits s'assortit de leur personnalisation illimitée.

Les lois d'airain du numérique

Ce marché universel qui passe des produits de masse aux produits façonnés par chacun connaît une autre novation, au moins aussi grande : la quasi-absence du pouvoir politique. Depuis l'émergence de l'imprimé, dans tous les pays, une politique a encadré l'expression médiatique. Ainsi au XVIIIe siècle, la Couronne britannique a limité le développement des journaux par une politique fiscale pénalisante. Malgré plusieurs tentatives, dont le *Stamp Act* de 1765, elle n'a pu étendre cette politique à ses colonies nord-américaines. Après la conquête de leur indépendance, les Etats-Unis ont levé les obstacles à la multiplication des journaux, interdisant toute censure du gouvernement central, mais aussi tout contrôle économique du secteur. C'est cette double prévenance, les historiens l'ont montré, qui a fait des quotidiens le premier média de masse de l'histoire, une presse « libre » au sens du premier amendement de la Constitution nord-américaine, à l'exact opposé de ce qui fut longtemps le modèle européen.

La création des médias électriques a connu un contraste similaire. Les Etats-Unis, confiants dans la logique du marché, ont laissé leurs entreprises exploiter télégraphe, radio, téléphone et télévision alors que les Etats européens instauraient un monopole d'Etat sur ces techniques. Avec Internet, cette dichotomie ne s'est pas répétée : aucun pays n'a pu choisir son modèle politique. La vision d'une économie décentralisée à l'américaine s'est imposée sur l'ensemble du réseau.

Si chaque média reflète le contexte politique de sa naissance, alors Internet traduit le triomphe d'un capitalisme éclaté où l'Etat ne sait comment jouer un rôle. Ses armes juridiques et ses moyens techniques sont affaiblis. Les poursuites à l'encontre de *Yahoo !*, en France, pour le contenu mis en ligne par ses clients hors de France ont mis en lumière les limites du droit romain fondé sur le territoire quand il s'applique à un réseau mondial. Malgré des tentatives en Chine ou à Cuba, le contrôle technique du média est lui aussi illusoire. Quant au contrôle éditorial, il suppose d'agir sur le territoire d'un magistère. Or, les médias numériques sont présents chez tous leurs voisins et réciproquement.

L'espace y compte moins que la langue, la croyance ou le comportement. Au contrôle et à la rigidité des médias anciens, le réseau a apporté une ouverture universelle qui, jointe à sa situation de concurrence pure et parfaite, pourrait faire croire que le capitalisme du numérique s'est affranchi de toute entrave. Il n'en est rien. Il existe même trois lois d'airain auxquelles sont soumis tous les acteurs du monde de la communication, hors ligne inclus. Elles sont technologiques et mathématiques. Elles définissent le cadre et donc la possible rentabilité de toute activité future consistant à produire ou déplacer de l'information.

La première de ces lois, énoncée par Gordon Moore, ingénieur chez Fairchild Semiconductor, puis fondateur d'Intel, est antérieure à la naissance d'Internet. Sa publication initiale date de 1965. C'est une prédiction sur la capacité de traitement des ordinateurs, mais si constamment vérifiée qu'elle a pris la force d'une loi. Elle stipule que le nombre des transistors sur une puce de silicium doublera tous les dix-huit mois, sans augmentation de coût pour la produire. Les microprocesseurs que nous utilisons dans toutes les applications informatiques doublent donc leur rendement chaque année et demie. Depuis 1970, cette loi s'est révélée exacte. Une puce comportait 4 004 transistors en 1970 ; la Puce Pentium 4, lancée en 2000, près de cent mille. D'où l'augmentation effarante de la capacité de calcul dont dispose chaque individu : un appareil photo numérique ordinaire contient aujourd'hui une puissance de calcul supérieure à celle de l'ensemble du matériel informatique embarqué au sein d'Apollo XI qui a emmené l'homme sur la Lune.

Compte tenu du délai séparant conception et production industrielle, le secteur des microprocesseurs sait déjà que Moore aura raison jusqu'en 2017. Quiconque veut entrer en compétition ou, au contraire, utiliser la productivité du nouveau média, doit se mesurer à cet étalon de la productivité future : faire deux fois plus, sans hausse de coûts, tous les dix-huit mois et jusqu'en 2017, au moins…

La deuxième loi, dite de Gilder, traite de la capacité d'envoi par la bande passante, ce que l'on peut décrire comme le canal où circule l'information sur le réseau. Quand Internet apparaît, la bande passante est rare et onéreuse. La capacité de réception et d'envoi de chaque individu semble donc réduite. Les données écrites, plus légères, sont privilégiées aux dépens de fichiers sonores ou d'images que l'on place plutôt dans le CD-Rom.

En 1997, George Gilder, chroniqueur au magazine *Forbes*, revient sur les évolutions récentes des technologies optiques et prophétise que la bande passante va désormais tripler tous les ans sur les réseaux au cours des prochaines vingt-cinq années. Là encore, les faits transforment la prédiction en loi : la connectivité, mesurée en bits par seconde, passe de vingt mille en 1995 à près de deux millions fin 2004. C'est le changement de paradigme prédit par Gilder : la capacité de stockage n'est plus une contrainte, puisque les flux sont quasi illimités. On passe d'une économie du disque dur à une économie de la mise en réseau, y compris pour les fichiers sonores et vidéo. Quiconque « vend » de l'information doit se soumettre à cette rupture induite par la technologie : posséder compte moins que recevoir et envoyer.

La troisième loi d'airain du numérique définit l'utilité du réseau. Sa puissance se mesure au nombre d'interactions possibles entre chacun de ses membres. Robert Metcalfe, inventeur du protocole informatique *Ethernet* qui permet le trafic sur un réseau local, a formulé une loi empirique pour en mesurer l'efficacité : « L'utilité d'un réseau est proportionnelle au carré du nombre de ses utilisateurs. » Ce qui compte dans cette formulation, c'est sa magnitude : radio et télévision ont vécu avec la loi dite de Sarnoff qui affirme, logiquement, que dans une communication à un seul sens, la valeur d'un réseau croît proportionnellement au nombre de ses utilisateurs. En clair : parler en direction de deux personnes est une communication deux fois plus utile que parler à une seule.

Metcalfe, lui, a pris en compte la multiplicité des interconnexions sur un réseau où, a priori, tout le monde entre en contact avec tout le monde. Savoir s'il surestime ou sous-estime l'utilité du réseau mondial est désormais une controverse mathématique, mais nul ne discute sa proposition globale : la croissance du nombre de ses utilisateurs augmente l'utilité d'Internet de façon géométrique et non arithmétique. En septembre 2006, on comptait près de 1 086 millions d'utilisateurs, soit près de 17 % de la population mondiale. Quant aux terminaux, fixes, ou mobiles, capables de se connecter, ils sont estimés, fin 2004, à plus de 4 milliards – dont près de 600 millions d'ordinateurs individuels. Tous les experts s'attendent à une augmentation si considérable de ce chiffre à l'horizon 2010 que nul ne se risque déjà plus à l'estimer. Internet est dans l'enfance de sa puissance.

Selon la communauté scientifique, ces trois lois s'appliqueront au moins jusqu'en 2010. Délai immense à l'échelle de progressions géométriques. La centrifugeuse numérique a plus que le temps d'affoler l'univers de l'information puisque tous les supports sont désormais accueillis sur un réseau unique où ils se substituent les uns aux autres. Internet porte le vent d'une telle tempête, que les autres médias doivent réfléchir à deux fois avant de rêver à se retirer à l'écart sur ce qui serait leur territoire.

Ouragan sur l'information

Parmi les symptômes de la peur que génère la mutation de la presse, l'un des plus révélateurs est la référence, sans cesse lue et entendue, à une nouvelle « culture du gratuit ». La gratuité, dans la vie économique, n'existe pas. Comme disaient des pancartes autrefois dans les bistrots : « Toute consommation est due. » Et il y a toujours règlement, même dans le cas du don humanitaire où, les sciences humaines l'ont montré, la générosité matérielle a sa contrepartie dans l'auto-estime de celui qui donne.

Dans le cas de la presse, ce ressort psychanalytique est le bon car il faut se demander si l'empressement à parler du goût de la gratuité ne masque pas une fuite inconsciente de la question de la valeur marchande de l'information. Il y a un demi-siècle, Roland Barthes faisait de l'écriture journalistique le degré zéro de l'écriture ; aujourd'hui, l'information journalistique approche du degré zéro de la valeur. Rob Runnet, économiste de l'Association américaine des quotidiens, a même trouvé un acronyme pour le dire : « NEWS (information), dit-il, cela deviendra bientôt *Not Ever Willing to Spend*, (qui ne voudra jamais payer). »

Dans une situation de concurrence pure et parfaite, telle qu'elle existe sur Internet, quand le coût marginal pour servir un consommateur tend vers zéro, le prix de vente tend aussi vers zéro. L'application de cet axiome de la micro-économie, au cours de la décennie 1995-2005, explique l'histoire des débuts de l'information en ligne. Soumis aux lois de Moore et Gilder, le traitement et le transport de l'information vers une personne supplémentaire dans une audience ont vu leurs coûts diminuer sans cesse. La dépense induite sur la bande passante est si faible qu'il devient impossible de la calculer. Et le coût en termes de traitement informatique s'effondre aussi grâce à l'augmentation des puissances de calcul à coût constant. L'information a toutes les raisons économiques d'être gratuite dès lors qu'elle est perçue comme substituable.

Or, Internet est la substitution permanente : une information factuelle n'y a plus d'identité spécifique. Plus d'un demi-millier de sites traitent d'un match de l'équipe de France de football ou de la conférence de presse du Premier ministre avant même qu'ils soient achevés. Grâce aux moteurs de recherche, l'internaute peut trouver les sites qui donnent gratuitement l'information (au premier rang de laquelle se trouve justement cette recherche) et ne pas s'attarder sur les sites qui le font payer. De fait, la valeur marchande de cette information substituable est, sur Internet, devenue égale à zéro.

Pour la presse écrite, pour les agences d'information, pour toutes les entreprises de communication dont le modèle économique repose sur la vente de contenu journalistique, il y a là une insupportable évolution. Dans une partie du champ d'activité de la presse, une technologie neuve a provoqué un changement absolu. Clayton Christensen, professeur à Harvard, a théorisé ce retournement complet sous l'effet de l'innovation. Il l'appelle la « disruption ». Son traitement est douloureux, dit-il, et paraît aberrant car il exige le plus souvent des prises de décision inverses de ce qu'il fallait faire avant l'apparition de la disruption. Appliquer des recettes du passé peut se révéler suicidaire. Pour la presse d'information, Internet constitue une disruption de grande ampleur. Le nouveau média n'attaque pas un mais deux fondements de l'économie des journaux, car à l'effondrement de la valeur de l'information s'ajoute la perte de l'œuvre collective.

Longtemps, les journaux ont cru que leur marque, leur identité seraient suffisantes pour les rendre uniques et indispensables sur le réseau. Ils se sont définis comme le résultat d'un processus de transformation de l'information brute en une œuvre collective, dont la valeur globale dépasse la somme des éléments qui le constituent : le journal. Mais cette œuvre collective est soumise au démembrement. En ligne ou hors ligne, chacune de ses composantes est placée en concurrence avec des éléments disponibles sur le réseau. Un attachement spécifique à un site assez important pour engendrer un acte de paiement ne concerne qu'une minorité d'individus. La marque, l'histoire d'une publication lui permettent de tenir son rang quand elle s'installe en ligne. Elles ne suffisent pas à faire percevoir son site comme étant à part sur le réseau. Pas plus qu'un quotidien sur papier n'est aujourd'hui jugé indépendamment de ce que ses lecteurs trouvent sur l'ensemble du réseau. Tout circule et tout communique.

L'information, au sens large, devient ce que les économistes appellent une commodité, un composant de base sans valeur, même s'il reste nécessaire à la production d'un service. En favorisant le démembrement des œuvres collectives, en les mettant en concurrence avec des produits bruts (dépêches d'agence, e-mails, blogs), ou semi-finis (agrégats divers, produits des moteurs de recherche ou d'autres outils technologiques), Internet encourage les substitutions parmi les éléments qui concourent à l'information. Peu importe si ces éléments sont de qualité équivalente. Il suffit qu'ils soient perçus comme substituables par la plupart des internautes. C'est la force de la presse gratuite, telle que la représentent les sondages dans tous les pays : ses lecteurs, lorsqu'on les interroge, jugent qu'elle offre moins que les journaux payants, mais estiment aussi qu'elle représente une alternative acceptable.

A mesure que le réseau grandit, que son utilité augmente – donc que la loi de Metcalfe est à l'œuvre – et que les contenus journalistiques circulent, la perception de différences entre les sites justifiant un paiement en ligne s'atténue ; mais la sensation que toute l'information se trouve en ligne, elle, augmente. Quand il s'agit de musique, une barrière existe : l'interprète est identifié, il n'existe donc pas deux versions semblables. Pour peu que les outils techniques contre la piraterie s'améliorent – ce qui reste à démontrer –, le téléchargement légal peut se développer. L'information journalistique n'a pas cette chance. Aujourd'hui, les quotidiens, avant que ce ne soit le tour de l'audiovisuel, sont désemparés. La valorisation par la vente du stock d'informations et de son traitement, et le statut consacré de leur œuvre collective avaient fondé leur réussite dans le monde de l'imprimé. Ils doivent rebâtir ces solutions dans un univers de la communication transformé « où les journaux sont, sous bien des aspects, une chose du passé », selon l'apostrophe lancée à ses confrères par Juan Luis Cebrián, fondateur du quotidien *El País*.

Désormais, Internet génère une implacable disruption : information gratuite et déconstruction/reconstruction permanente de l'œuvre collective. L'ouragan numérique emporte les recettes des succès passés. Tout est à rebâtir autour du seul point de référence : l'audience. Pour elle, le temps nécessaire à prendre connaissance de l'information est devenu un bien plus rare que l'information elle-même. La recherche du bon contenu, la capacité de distribuer de l'intelligence, l'expérience propre à devenir une référence, voire la gestion du programme à qui confier ses choix nourriront les recettes financières du futur. Pour apprendre à le faire, il faut corriger la vieille question de la *Harvard Business Review*. Pour la presse, elle devient : quel est votre métier, dans l'univers numérique ?

7. L'écrit et les mots

L'excès de consommation d'un média provoque la déraison. Cervantès en avait une perception nette, il y a quatre siècles, en inventant Don Quichotte. Dès la première page du Livre I, chapitre 1, il explique que son héros « s'ensevelissait tellement dans sa lecture qu'il passait les nuits à lire, du crépuscule à l'aube, et les jours, de l'aurore à l'obscurité ; et ainsi, à dormir peu et lire beaucoup, son cerveau s'était tant desséché qu'il avait fini par en perdre le jugement ».

Le « chevalier à la triste figure » est le premier cas clinique d'altération d'un cerveau humain par contacts répétés avec un média de masse : en l'occurrence, le livre de chevalerie. Les effets de cette pathologie sur la perception sont connus : éradication du réel au profit de sa représentation médiatique. Dans son aventure la plus fameuse, le héros de Cervantès n'est pas incapable de faire la différence entre un moulin à vent et un géant ; simplement, il ne voit pas de moulin à vent dans le paysage où s'agitent des géants.

Dans *La Galaxie Gutenberg*, son essai sur les conséquences de l'invention de l'imprimerie, Marshall McLuhan cite sans cesse Don Quichotte, car ce roman appréhende mieux que tout livre de sciences humaines l'essence immuable de l'expérience médiatique. Ainsi aujourd'hui, sans forcer le trait, sous l'hidalgo venu de la Manche perce l'un des internautes qu'a produits la dernière décennie.

Littéralement, Don Quichotte agit à la façon d'un homme en ligne. Il sait que sa navigation dans ses pages favorites n'appartient qu'à lui, il recrute donc sans réserve Sancho Panza, un homme qui avoue pourtant ne pas savoir lire (I, 3). Mais pour tout problème, lui, en revanche « s'en remet à un remède ordinaire » : chercher la solution dans son média (I, 5). Sa foi est telle qu'il s'indigne d'entendre dans une conversation un mensonge sur « Amadis de Gaulle », un récit fictif (I, 24) qu'il tient pour vrai puisqu'il l'a lu, alors que la découverte d'un texte apocryphe sur les aventures qu'il aurait vécues dans le monde réel le laisse presque indifférent (II, 59). Quand on le surprend à débattre de la façon dont l'écrit rapporte les épisodes de sa vie, impossible de ne pas croire qu'il discute dans un *chat room* avec des lecteurs du roman (II, 3).

Cervantès referme diaboliquement la boucle de son média puisqu'il feint en écrivant de commenter un récit rédigé par un autre écrivain, un certain Cide Hamete Benengeli, et qu'il invite son personnage Don Quichotte à juger des qualités de ce premier auteur dans une sorte de prémonition de l'interactivité. Le roman naît d'ailleurs à la façon dont un internaute surfe sur Internet et interroge *Google* puisque Cervantès avoue qu'il lit tout, même « des papiers déchirés dans la rue » (I, 9), et que c'est ainsi, en s'appropriant une liasse de pages, qu'il a découvert l'histoire de son héros vivant à la fois dans la réalité et les médias qui la représentent.

L'après-Gutenberg

C'est à la frontière de ces deux mondes que Marshall McLuhan a bâti son œuvre. Avec sa silhouette maigre, ses propos déroutants, cet universitaire canadien possédait une ressemblance souvent relevée avec Don Quichotte. Il est décédé en 1980, avant Internet, avant même l'apparition des technologies numériques, mais son statut de prophète du réseau n'a jamais été contesté. Le mensuel *Wired*, bible du nouveau média, est né avec dans chaque numéro une référence à McLuhan en tant que « saint patron ». Il avait en effet été un observateur si aigu de l'univers induit par l'apparition de l'imprimerie qu'il avait prévu sa chute, annonçant dès les années soixante la collision de la galaxie Gutenberg, monde mécanique issu de l'alphabet et de l'imprimé, avec la galaxie électrique.

Le choc des deux galaxies tient dans le succès soudain de la vision du monde moins abstraite, directe, diffusée par la télévision. Avec elle, une représentation plus sensorielle de la réalité a remplacé les concepts du discours écrit. La culture occidentale en a été changée. Comme l'explique Neil Postman, fondateur de l'écologie des médias et dénonciateur patenté de la télévision : « Nous ne voyons pas la réalité comme elle est, mais nous la voyons à travers nos langages. Et nos langages, ce sont nos médias. Nos médias sont nos métaphores. Et nos métaphores créent le contenu de notre culture. »

Malgré tout, McLuhan a toujours tenu la télévision pour un média incomplet qui n'engageait pas l'ensemble des sens et des capacités de l'individu. Il refusait de tenir pour équivalente la communication à sens unique d'un émetteur vers le téléspectateur et l'espace où les hommes se parlaient avant l'invention de l'alphabet puis de l'imprimerie. L'écrit imprimé a certes cédé sa place de premier média à la télévision, mais il a sauvé sans peine sa légitimité dans la formation du savoir et la transmission de l'information. Au demeurant, ne pas être emporté au premier choc était pour la galaxie Gutenberg le juste pendant de son apparition puisqu'elle s'est reprise à deux fois pour s'installer.

L'irruption de l'alphabet, il y a 2 700 ans, d'abord chez les Phéniciens, puis chez les Grecs, marque une première naissance. Avant cette invention, l'oral prédominait dans un « espace acoustique ». Selon McLuhan, c'est « un monde perçu par des yeux pré-lettrés, un monde sans frontières au sein duquel l'information émerge non de positions figées, mais de partout, et de toutes les façons, par la musique, la parole, le mythe, l'immersion totale ». L'alphabet phonétique change cette donne, et, toujours selon McLuhan, fait naître un « espace visuel » où la vue se détache peu à peu des quatre autres sens pour s'attarder moins sur l'image que sur le mot. La lettre est une abstraction qui encourage la conceptualisation et la fragmentation, d'abord de ce qui est vu, puis du monde où l'on vit. « Ce que nous considérons comme normal ou naturel, affirme McLuhan, l'espace que nous percevons est en réalité le produit d'une technique. C'est le résultat né de l'habitude de lire et d'écrire avec un alphabet phonétique. »

L'arrivée du livre, puis du livre imprimé, forme la seconde naissance de l'écrit. Passer du *volumen*, qui est un rouleau, aux pages reliées d'un *codex* crée la navigation indexée, la démarche encyclopédique que l'imprimerie appuie par sa puissance. Sans l'impression, l'alphabet est un média solitaire ; en le mécanisant, Gutenberg le transforme en média de masse. Le livre établit un système de communication « dominé par l'esprit typographique et l'ordre alphabétique ». Le livre est déductif, séquentiel, rationnel, et fondé sur le principe de la contestation différée, le lecteur n'ayant pas la possibilité de répondre à l'auteur qui n'est pas présent lors de la lecture, tandis que ses lectures se répondent les unes aux autres de façon cumulative.

C'est exactement sur ce point-là que se manifeste le prophétisme inouï de McLuhan. Il affirme que « le XXe siècle a travaillé de façon conséquente à se libérer des conditions de la passivité, c'est-à-dire de l'héritage même de Gutenberg ». Cette phrase figure dans le dernier paragraphe de *La Galaxie Gutenberg* qui réinvente la vision de l'écrit. On se trouve alors en 1962. Le XXe siècle a donc encore près de quarante ans à vivre. La télévision amorce seulement sa percée. Mais le professeur canadien est convaincu que les médias vivent tels des êtres biologiques soumis aux lois darwiniennes de l'évolution. Ils changent, s'adaptent ou s'étiolent. Aucun n'établit une domination définitive. L'irruption d'Internet est, après la télévision, la seconde collision entre la galaxie Gutenberg et la galaxie électrique. Cette fois, c'est la bonne, serait-on tenté de dire.

Il suffit de voir comment l'écrit, omniprésent sur le réseau, est associé à des langages plus sensoriels qui brident sa capacité de fragmenter la réalité en concepts. McLuhan constatait déjà dans ce même paragraphe écrit à l'aube de l'essor télévisuel que « la nouvelle galaxie électrique des événements a profondément pénétré dans la galaxie Gutenberg ». Que dirait-il aujourd'hui en voyant sur des écrans un mode d'expression écrite qui procède de l'analphabétisme ? Ainsi ce langage SMS utilisé sur les téléphones portables, ces chats d'adolescents rédigés dans une langue vernaculaire à longueur de *Messenger*, ces messageries instantanées qui remplacent les conversations téléphoniques.

Ces messageries proposent d'ailleurs des icônes pour simplifier la formulation des émotions, tout en permettant l'association d'images, voire de vidéos. Devenu l'expression d'un état passager, élément jetable, périssable, fourni en complément d'une expression graphique, l'écrit porté par un réseau n'appartient plus pleinement à la galaxie Gutenberg.

Quand l'homme crée un média, affirme McLuhan, il soumet aussitôt sa création à deux exigences contradictoires : communiquer au-delà des frontières naturelles de la vision ou de l'écoute ; et récupérer les fragments de la communication avec le monde naturel basé sur ses cinq sens que le média précédent pouvait avoir mis de côté. A mesure que les techniques évoluent, un média prend ainsi le pas sur celui qui l'a précédé, par amplification de l'utilisation d'un des cinq sens, obsolescence, ou moindre recours à un média existant, récupération d'éléments d'un monde médiatique disparu, et enfin changement de logique en inversant le fonctionnement du média auquel il succède. Ces quatre concepts de McLuhan sont bien sûr examinés à la loupe par quiconque tente de deviner la direction suivie par Internet puisqu'ils aident à discerner les axes selon lesquels un nouveau média cannibalise des fragments d'anciens médias pour inventer sa logique.

Internet récupère les différents langages dans un métamédia qui dilue leurs spécificités. Mais loin de les amplifier ou de limiter son recours à certains, il s'installe dans une logique d'accumulation. Les mots accompagnent les images et les sons, sur la même page, dans les mêmes lieux. Les modules interactifs des sites d'information, ces créations que les journalistes réalisent avec la technologie Flash, invitent à lire un texte en écoutant simultanément un commentaire sonore qui accompagne une succession d'images ou une vidéo. Au total, pour parodier McLuhan, naît un cyberespace acoustique qui ramène l'internaute au monde d'avant l'alphabet imprimé, « un monde sans frontières » où chacun capte l'information par immersion totale plutôt que par réception.

La ville globale

Internet change la nature de l'écrit. Jamais, il n'a été autant diffusé, ni aussi vite. Mais à quel prix ! Il n'est plus forcément déductif, séquentiel, rationnel, intangible. Il devient un langage parmi d'autres, un contenu brassé avec d'autres sur le réseau : surtout, un langage écrit relevant d'une époque antérieure au triomphe de Gutenberg. En diffusant un écrit non imprimé, Internet installe le texte dans l'oralité.

C'est le succès massif de la télévision qui a provoqué des travaux de conceptualisation de l'oralité. L'approche de Walter Ong, un jésuite américain décédé en 2003, fait autorité. Marshall MacLuhan, à l'époque où il écrivait *La Galaxie Gutenberg*, était son directeur de thèse à l'université. Les deux hommes sont catholiques et à l'origine professeurs de littérature anglaise. Il y a donc chez Ong une complicité cohérente avec McLuhan quand il définit la première oralité, antérieure à l'invention de l'écriture, comme fondée sur la transmission d'un récit qui se modifie au fur et à mesure qu'il circule, en raison même des limites de la mémoire humaine. Dans cette oralité, « tout verbatim est impossible ». Au contraire, la seconde oralité transmet à une large audience un message intangible. Cette seconde oralité est celle de la radio, de la télévision, des enregistrements sur supports numériques.

« Comme l'oralité première, écrit Ong, la seconde oralité génère un fort sens d'appartenance à un groupe, car écouter des mots rassemble les auditeurs dans un groupe, dans une véritable audience, exactement comme le fait de lire des textes écrits ou imprimés amène les individus à se tourner vers eux-mêmes. Mais l'oralité seconde génère un sens du groupe incommensurablement plus large que dans la première culture orale – on en vient au village global de McLuhan. »

Pour McLuhan, la télévision devait permettre de mettre l'ensemble des habitants de la planète en relation, tels les habitants d'un même village, ce qu'il appelait d'un terme qui a fait florès : village global. Média massifié parmi les médias de masse, la télévision soumettrait à terme, croyait-il, l'ensemble de l'humanité au même signal et à la même perception sensorielle. Cette prédiction n'amenait aucun jugement de valeur : McLuhan y voyait aussi bien un chemin vers l'humanisme que vers la barbarie, mais dans tous les cas la production d'une communauté. La promotion la plus convenue pour une chaîne de télévision ou une radio populaire, aujourd'hui, dans le monde occidental, consiste d'ailleurs à affirmer qu'elle produit du lien social et que ses audiences sont les rassemblements réguliers les plus larges au sein d'une nation.

Internet a finalement fait naître un village global. A la mi-2005, près d'un milliard d'êtres humains en font partie, avec des connexions régulières. Le réseau devient une sorte d'exposition universelle permanente, un lieu partagé sans limites, une ville par sa taille, plutôt qu'un village, mais une ville globale.

« Une culture, nous le savons tous, est faite par ses villes », constate le prix Nobel de littérature Derek Walcott dans un essai expliquant à quoi ressemble le monde vu depuis son île caribéenne de Sainte-Lucie. Internet représente la ville où se rend la terre entière. Mais ce lieu global est différent de celui qu'aurait pu engendrer la télévision. Tous ses habitants ne sont pas soumis au même message en même temps. Leur communication n'est pas synchrone. Internet ne correspond pas à la définition de la seconde oralité : aucune expression publique n'y rassemble les membres de l'audience. Tout le monde ne se connecte pas face au même contenu, en même temps.

Dans cette version numérique du village global macluhanien règne l'oralité première, pour deux raisons au moins. La première concerne la possibilité de répondre, d'atteindre l'émetteur d'une information. Blogs, forums, chats, commentaires, listes d'e-mails, messageries instantanées sont autant de manières de replacer une audience dans une oralité détruite par l'apparition de l'écriture, technique qui permet de rencontrer un contenu sans que son auteur soit présent. Quel que soit le désir d'une audience de répondre à un livre, un journal, une radio ou une télévision, ces médias offrent un contenu immuable. Ce n'est pas vrai sur le réseau où la réponse rejoint sur l'écran le contenu qui l'a déclenchée.

La seconde raison de ranger Internet dans l'oralité première découle pour partie de cette possibilité de répondre : sur Internet, l'information se modifie au fur et à mesure qu'elle circule. Un verbatim dure l'éternité d'un instant, mais chaque internaute peut choisir cet instant et y bâtir son éternité. Lorsqu'il entreprit de faire construire la bibliothèque d'Alexandrie, Ptolémée voulait rassembler en un seul lieu tout le savoir du monde. Cette démarche aristotélicienne, trois siècles avant Jésus-Christ, reposait déjà sur la copie : tout bateau arrivant au port se voyait confisquer ses livres le temps que les scribes de la cité les recopient. Vingt-trois siècles plus tard, le copier-coller, manœuvre instantanée à la portée de tous, a remplacé la copie manuelle qui requérait un savoir-faire lent réservé à une élite.

La copie immédiate, gratuite, sans effort, est le fondement de l'ère numérique. Elle fait de chaque point de connexion du réseau l'équivalent de la bibliothèque d'Alexandrie. Seul inconvénient : l'ordonnancement de la bibliothèque n'est pas permanent – d'où les efforts de *Google* vers une numérisation « rangée » selon les classements des bibliothèques universitaires –, mais en contrepartie les utilisateurs peuvent modifier le classement et les contenus eux-mêmes. La fonction copier-coller n'offre pas seulement une reproduction illimitée, elle permet de modifier, démembrer, ajouter, amputer un texte à mesure qu'on le transmet. Le concept même d'auteur, né avec l'invention de l'imprimerie, est désormais battu en brèche. Le texte redevient ce qu'il était à l'époque des scribes, avant que la découverte de l'imprimerie n'impose le premier média de masse.

Voilà la situation paradoxale où se trouve la presse en ligne : elle dispose de ce village global qui lui donne pour audience potentielle la terre entière, mais dans ce village on se connecte comme si Gutenberg n'avait jamais existé.

L'irruption de l'audience

Pour les journalistes, l'idée d'une « presse sans Gutenberg » constitue un défi d'autant plus difficile que l'espace de travail y est contesté. Internet n'a laissé aucune de ses utopies initiales en chemin. Le réseau ouvert, non hiérarchisé et décentralisé entrevu par les tenants d'une informatique de connexion communautaire a résisté et défie les professionnels dans tous les domaines.

Microsoft, première capitalisation boursière du premier marché boursier du monde, n'a pu décourager, au contraire, le militantisme de l'Open Source qui attaque son chiffre d'affaires en offrant sur le réseau des logiciels libres de tous droits, donc gratuits : système Linux, logiciel OpenOffice, navigateur FireFox. Leur présence s'étend sur un marché convaincu que permettre à tous de disposer de la même technologie n'est pas seulement meilleur marché. Cela permet aussi d'éviter les incompatibilités et les conflits de codes informatiques que les entreprises comme Microsoft entretiennent dans l'espoir de garder leur clientèle captive.

Dans le domaine du savoir, ces efforts de partage ne sont pas en reste et l'encyclopédie Wikipedia, dite « l'encyclopédie gratuite que n'importe qui peut éditer », prend une dimension assez effarante : dans sa quatrième année, elle compte près de deux millions et demi d'entrées rédigées dans une centaine de langues – dont plus de cent cinquante mille en français. Libre, gratuite, universelle, avec un unique employé salarié pour veiller sur des machines que l'argent de fondations privées fait tourner, elle recrute des auteurs grâce à ses 80 millions de visites quotidiennes. Ne se voulant pas lieu de création du savoir, mais lieu de médiation et de transmission, la démarche de Wikipedia a quelque chose d'un journalisme citoyen, lent et décentralisé. Son audience est de fait à la fois l'auteur, le médiateur et le lecteur d'un savoir qui évolue par modification d'un contenu géré sur un logiciel libre.

Ce mouvement spontané d'une audience renforcée par la puissance du réseau prend totalement à revers la logique traditionnelle des médias de masse où un émetteur identifié s'adresse à un auditoire passif. On connaît la refonte par le psychosociologue Joseph Klapper des premières théories de l'information :

selon lui, l'information fournie par le journal, la radio ou la télévision se compare à une « piqûre hypodermique ». On pique ou l'on est piqué ; pas de moyen terme.

Quiconque, au quotidien, a géré un site d'information dont le succès est ratifié par l'audience sait qu'un tel partage n'existe plus sur le réseau. Internet impose aux journalistes de vivre de plain-pied avec leur audience. Impossible aujourd'hui de diffuser des informations sans la laisser réagir au contenu et au traitement. D'abord confinés dans des rubriques similaires à un courrier des lecteurs, puis dirigés vers des forums foisonnants mais peu contrôlés, les internautes des sites de référence s'expriment désormais dans l'espace même réservé à la mise en ligne du contenu journalistique. Les fonctions « exprimez votre avis », « réagissez à cet article », « commentez ce blog » se développent jusqu'à venir, sur certains sites, à défier l'éditorial, cette institution que la presse écrite française n'a jamais pensé comme l'amorce d'un dialogue. Un des symptômes du succès pour un site d'information est de se transformer en agora.

Le journalisme en ligne voit s'amplifier sans cesse cette spécificité de son contenu qui l'éloigne peu à peu des autres médias où, malgré les rubriques du type « Vous avez la parole », « Courrier des lecteurs » ou « L'antenne est à vous », l'activité repose sur un flux univoque : « Je publie ; vous lisez » ou « Je diffuse ; vous écoutez, vous regardez ». Organiser, modérer, filtrer, présenter, stimuler le flux de commentaires et de témoignages en provenance de l'audience devient une préoccupation si généralisée sur les sites que chacun sent venir une étape où il faudra aussi de façon régulière produire en partie l'information à partir des textes, photos, vidéos, etc. adressés par l'audience. Le temps n'est pas loin où la question de James Joyce sera à formuler sur tout site qui maintient sa puissance d'information : « Ses producteurs, ça ne serait pas ses consommateurs ? »

Un paradigme de cette approche existe : le site sud-coréen OhmyNews. Rédigé avec les apports de plus de 40 000 contributeurs – 700 en 2001, lors de sa création –, le site obéit au credo de son inventeur, Oh Yeon-ho : « Chaque citoyen est un reporter. Les journalistes ne forment pas une race exotique, chaque personne qui a une information à raconter et qui souhaite la partager avec d'autres en est un. » La rédaction compte quarante personnes. Son travail est de sélectionner les contributions, de les valider, puis de les hiérarchiser. Les plus importantes d'entre elles ou les plus originales sont rémunérées modestement : 14 euros l'unité.

Certains journalistes professionnels d'OhmyNews portent un titre nouveau : « vérificateurs rapides ». Quant aux « citoyens reporters », ils fournissent les quatre cinquièmes du contenu du site. Comme le relève le journaliste Bertrand Le Gendre, il s'agit de nanojournalisme : « La multitude s'adressant à la multitude. » En 2005, alors que le site est devenu bénéficiaire, ce modèle n'est repris à la même échelle dans aucun autre pays. Peut-être parce que la Corée est le pays qui a littéralement parié sur le réseau : les trois quarts des foyers disposent d'une connexion à haut débit.

L'autre exemple toujours cité d'une interrelation forte avec la population est le modeste empire bâti autour du *Lawrence Journal-World*, le quotidien de la ville de Lawrence (85 000 habitants) dans l'Etat américain du Kansas. Les quatre cinquièmes de la ville sont câblés. The World est un petit groupe qui possède à la fois le réseau câblé, le journal, la radio et la télévision locales. Il a choisi de tout bâtir autour de son réseau qui offre toute l'information de la cité : petites annonces, guide de la vie nocturne, attendus des procès, fiches de tous les joueurs de toutes les équipes dans toutes les divisions, rapports d'activité scolaire et universitaire, et, bien sûr, tous les blogs de toute la population. Qu'ils le souhaitent ou non, tous les habitants apparaissent en ligne. Pour être certain que nul n'échappe à ce réseau totalitaire, le groupe offre gratuitement des connexions Internet sans fil dans les espaces publics.

La Corée et Lawrence représentent des situations extrêmes du réseau : le pays le mieux équipé de la planète et un quasi-monopole sur la communication d'une ville. Dans un univers de concurrence entre les sites ou simplement avec un réseau moins pénétrant, un site d'information pourrait-il réussir avec pour argument qu'il est nourri par son audience ?

Cette question est la façon détournée, douce, de s'interroger sur l'avenir du journalisme : elle présuppose qu'il existera toujours une rédaction pour s'adresser à l'audience. Il est possible de faire un constat plus brutal : les journalistes ont commencé à perdre leur monopole, ou oligopole comme on veut, de l'expression publique avec l'apparition des blogs, une technologie qui offre à tous le pouvoir de se passer de la presse pour émettre comme pour recevoir. Le médiologue Régis Debray affirme, dans l'analyse de ce qu'il nomme « hypersphère », que chaque changement des technologies médiatiques entraîne un changement de cléricature dans la société. Gutenberg a ainsi permis aux professeurs de supplanter les prêtres et docteurs comme référence du savoir ; les médias électriques ont donné à la presse un statut de quatrième pouvoir ; Internet peut introniser un nouveau règne, fugitif par essence : celui du dernier à avoir parlé dans l'audience.

Internet contre la presse

Dans ce qui reste une phase initiale du développement d'Internet, la presse, quand elle traite de ses obligations, s'en tient à des mots tels que : éthique, rigueur, normes, formation, règles, contrôle, transparence, etc. La mise en cause au début du XXIe siècle des institutions les plus en vue du journalisme écrit et audiovisuel en Occident, avec scandales, démissions et même suicides, est traitée comme un problème de qualité du travail d'une profession tenue à une obligation de résultat.

Dans cette approche, le journaliste n'est pas un quelconque marchand de services. Il lui incombe, à l'endroit du citoyen, des devoirs qui sont de l'ordre de ceux de l'avocat envers le justiciable ou du médecin pour son patient. Logiquement, les remèdes utilisés par les institutions mises en cause relèvent donc d'une forte révision des techniques de travail. Beaucoup de dirigeants de groupes de communication ont réalisé que leurs rédactions échappaient de fait aux processus d'évaluation et de formation, modalités banales dans tous les métiers. Ils y remédient avec intensité, en ajoutant, pour faire bonne mesure, la mise en place de médiateurs chargés des relations avec l'audience et la refonte complète des règles concernant les rapports entre les journalistes et leurs sources d'information.

Les mêmes logiciels qui aujourd'hui permettent à des professeurs de vérifier si leurs élèves ont « copié » leurs dissertations sur Internet sont repris par les équipes qui dans des rédactions, en Europe et aux Etats-Unis, bâtissent les processus d'évaluation de la qualité des informations. Il s'agit d'intervenir a posteriori, après publication, diffusion ou mise en ligne, pour jauger le travail produit. Il s'y ajoute une ambition de dissuasion : décourager ainsi tout journaliste qui songerait à récupérer indûment ses informations sur le réseau comme le fit un reporter new-yorkais indélicat.

L'autre approche de la crise du MSM (Main Stream Media, la grande presse) consiste à observer qu'elle se produit en un temps de généralisation absolue des SMS. Quand la communication au sein d'une audience fonctionne sur le tempo de l'instantané, les professionnels de la communication sont-ils tentés d'accélérer ? Les médias traditionnels n'ont pas voulu être en reste alors que le cycle de l'information ne cessait de se raccourcir sur le réseau et ils ont perdu en route prudence et rigueur. Si cette explication est la bonne, alors la grande presse qui se réforme aujourd'hui a choisi le bon traitement. Mais, dans cette volonté de se replacer face au réseau, existe peut-être une angoisse existentielle plus profonde, fondée sur un doute inavouable, la perception intime que le monde se prend à vivre sans journalisme.

Dans l'oralité première d'avant Gutenberg, dans cet « espace acoustique », pour reprendre le terme de McLuhan, où l'information se transmettait par immersion, les journalistes, tels que nous les concevons aujourd'hui, n'existaient pas. Les seuls intermédiaires en communication se consacraient à la religion ou à la chronique poétique ou musicale. Le reste était l'affaire de l'immersion collective dans cet espace acoustique où tout le monde s'entretenait. Une oralité identique s'installe aujourd'hui sur le réseau : l'audience agit souvent comme s'il n'existait pas d'autre intermédiaire qu'elle-même qui, de façon naturelle, copie les attitudes des journalistes.

Une rédaction a une attitude de suspicion à l'endroit de toute information. La qualité est à ce prix, mais, avec le temps et l'efficacité croissante des politiques de communication des pouvoirs, la presse s'est installée dans une posture systématique : elle se défie de toutes les institutions (toutes les institutions sauf une, jugeait le critique littéraire Lionel Trilling : elle n'a rien contre la presse). Sitôt installée dans une position d'émetteur sur le réseau, l'audience a agi de même : elle s'est défiée de toutes les institutions, toutes y compris la presse. De là, l'explosion des critiques contre les grandes institutions du journalisme, concomitantes au développement du haut débit, des forums, des blogs. Dans cette hypothèse, ceux qui travaillent aujourd'hui dans la grande presse ne sont pas pires que leurs prédécesseurs, mais simplement plus exposés aux critiques.

Car lorsque l'audience considère la presse traditionnelle depuis Internet, elle apparaît comme l'autre camp, voire le camp adverse. Quiconque travaille à la fois sur la presse imprimée et sur la presse électronique perçoit rapidement ce phénomène. Il demeure en effet inexplicable que la presse en ligne qui commet, de loin, le plus d'erreurs, réactivité oblige, soit pourtant moins critiquée que la presse écrite ou audiovisuelle. L'explication est simple, liée à la nature même du réseau et de son usage.

Selon le mot répété dans tous ses entretiens par l'un de ses inventeurs, Tim Berners-Lee, Internet par nature « est un petit peu cassé ». Des pages sont introuvables, des sites effondrés, des dysfonctionnements d'applications laissent des morceaux de pages vierges. Le contenu est incohérent puisqu'il offre tout et son contraire, de la paix à la paranoïa. Impossible au total de ne pas adopter à l'endroit d'Internet une relation détachée. Même le moteur de recherche *Google* tient compte de ce flou et, plutôt que de rester muet ou de déplorer une erreur, il propose de lui-même une autre orthographe à l'internaute qui se trompe.

Dans ce climat conciliant, en rien semblable à celui de la grande presse avec son statut de magistère et ses embarras chroniques au moment de son autocritique, une idée se fait jour parmi les internautes : Internet, c'est nous ; la presse c'est eux. Et, bien sûr, au nom de la solidarité entre ceux qui s'expriment sur un même média, ils sont moins sévères pour les erreurs de la presse en ligne.

L'anonymat des journalistes des sites d'information compte aussi dans cette clémence. On ne les voit jamais échanger un sourire complice avec un dirigeant de part et d'autre de la table d'un studio.

L'audience ne les suspecte pas – du moins pas encore – de participer aux mêmes dîners que les élites politiques ou économiques. Et quand ils s'exposent, le plus souvent par des blogs, la possibilité de leur répondre en ligne évite à chacun la frustration d'une réception passive.

La cisaille à couper la presse mise en place sur le nouveau média se voit si nettement qu'il paraît inutile d'en expliquer le fonctionnement. Une lame est constituée par ces algorithmes dont l'audience use sans modération pour accéder aux contenus sans passer par des journalistes. L'autre lame, c'est l'audience elle-même qui s'exprime de plus en plus et refuse à la presse une position d'intermédiaire exclusif vers l'information. Les deux lames sont sur le réseau, l'audience peut les refermer.

8. La fin des médias de masse

De tous les films qui montrent les journalistes au travail, aucun ne surpasse *Deadline USA*, de Richard Brooks, à l'instant du dernier plan. Humphrey Bogart tient le rôle d'Ed Hutcheson, rédacteur en chef de *The Day*, un quotidien qui prépare son ultime numéro avant de fermer. Boggey a beaucoup joué l'héroïsme serein de l'homme de devoir, mais là il atteint le sommet du mélo d'un simple mouvement de tête. Quand on le revoit aujourd'hui, il semble même porter une certaine histoire de la presse jusqu'à son terme à l'instant où le téléphone sonne et qu'il décroche. Au bout du fil : Thomas Rienzi, gangster mafieux.

« Hutcheson ? » demande Rienzi. « Salut baby », répond Hutcheson dans un bogartissime nasillement. Le gangster apprend que *The Day* détient le journal intime de la maîtresse qu'il a fait assassiner. Un article l'accusera du meurtre dans l'édition du lendemain. Le ton monte aussitôt.

Rienzi : « Si ce n'est pas ce soir, alors c'est demain. Peut-être la semaine prochaine, peut-être l'année prochaine. Mais tôt ou tard tu paieras. Ecoute-moi ! Imprime ça et tu es un homme mort. »

Bogart/Hutcheson : « Ce n'est pas seulement moi. Il faudrait que tu arrêtes chaque journal dans le pays et c'est un boulot trop gros pour toi. Des gars comme toi ont déjà tenté, avec des balles, la prison, la censure. Mais aussi longtemps qu'il restera rien qu'un journal pour imprimer la vérité, tu es un type fini. »

« Pas de discours ; c'est oui ou non ? » insiste Rienzi. Et Bogart effectue alors ce sublime geste de la tête, presque rien, un signe d'assentiment vers son chef rotativiste qui presse un bouton. On entend une cloche sonner, puis un vrombissement d'enfer vers lequel Bogart tend un moment le combiné du téléphone.

Rienzi : « Eh Hutcheson ! Quel bruit ! C'est quoi ce racket ? »

Et Bogart/Hutcheson : « C'est la rotative, baby, la rotative… Et tu ne peux rien y faire. Rien. »

Le mot « fin » qui vient sur l'écran vaut bien sûr pour tout le monde. Pour la rédaction qui a « bouclé » son numéro et ne peut pas même changer une virgule, pour Rienzi incapable de répondre à la puissance d'un média de masse et enfin pour l'audience qui verra inévitablement l'article sur le meurtre en ouvrant son journal.

C'est dans cette situation de soumission générale que Bogart proclame la presse impossible à bâillonner par la force ou le droit. Dépositaire d'une éthique de la vérité, elle s'exprime à un rythme réglé sur le jour solaire : journal quotidien, bulletin radio à une heure invariable, télé-journal du soir, etc. On ne l'arrête pas plus qu'on ne peut empêcher le soleil de se lever. Dans cette perspective, la presse en ligne toujours connectée est naturellement vue avec frayeur, telle une perturbation quasi cosmique qui semble ne pouvoir apporter que la disparition des médias traditionnels.

La fin d'un journalisme

Rien n'est d'ailleurs plus facile pour qui travaille dans l'information en ligne que d'entendre ces propos de confidence et d'arrogance mêlées où un interlocuteur vous explique en gros qu'il est temps de laisser les gens comme ce patron du *Day* enfiler leur imperméable et s'éloigner dans la nuit. Si leur quotidien ne ferme pas, l'Histoire le fera ; en ligne, la nuit n'existe plus. Le discours entendu dans ces cas-là ressemble à l'apostrophe d'un métier. Qui peut croire, au degré de technologie où est parvenue notre civilisation, que s'informer consistera durablement à abattre des arbres en quantité considérable pour les traiter dans des usines dont la production, transportée parfois sur des distances transcontinentales, sert de support à l'information livrée ensuite à grand-peine dans les rues de villes embouteillées ?

En général, la personne sort alors de sa poche son téléphone portable ou son ordinateur pour passer au chapitre numérique de son discours. Cette fois, réseaux, antennes de tous types, technologie *Blue Tooth* (dent bleue, tiré du surnom du roi danois Harald Blaatand, réputé friand de myrtilles) et diffusion asynchrone servent à taxer d'anachronisme les stations de radio et les chaînes de télévision dont les programmes sont promus au rang de fichiers menacés de téléchargements pirates.

Le propos est tout à fait sensé. Il faut le tenir pour aussi fondé que la réaction de Paul Delaroche, peintre dont Géricault ne niait pas le talent, qui, à la vue du premier daguerréotype, ancêtre de la photographie, prononça son immortel avis de décès : « A partir d'aujourd'hui, la peinture est morte. » A l'endroit des morts annoncées de certaines formes de presse, la prudence s'impose. Mais l'essor des sites d'information ne sera pas arrêté, même si l'on ignore s'ils sont le daguerréotype d'une photographie à naître.

Ceux qui n'ont jamais travaillé sur le nouveau média ne savent pas à quel point les questions de trafic y sont complexes, aussi essentielles que le contenu journalistique, et combien le nouveau journalisme ne ressemble à aucun autre. Cette ignorance explique comment certains groupes de communication affichent des performances numériques chroniquement en deçà de ce qu'ils réalisent dans d'autres domaines. Quant à ceux qui travaillent en ligne, le rythme des innovations survenues dans la première décennie du média leur dicte l'humilité. A l'horizon de deux ans, compte tenu du délai qui sépare un projet du développement de son application, puis de sa mise en ligne, il est aisé de savoir quelle direction emprunte le journalisme en ligne. Au-delà, tout tient dans le dilemme énoncé par Jeff Jarvis, un des blogueurs à la trajectoire la plus ancienne dans le cyberespace : « Donnez aux gens le contrôle de votre média, ils l'utiliseront ; ne le donnez pas, ils vous quitteront. »

Sur Internet, l'audience a la main. Son comportement détermine le sort de chaque innovation d'un média de masse d'un type jamais connu, littéralement d'un média d'avant Gutenberg. Cela constitue l'incertitude inhérente au moment historique que vit la presse aujourd'hui. Sentant venir le vent de la galaxie électrique, Marshall McLuhan avait deviné la portée de cette affaire. « Nous sommes maintenant prêts pour une nouvelle péripétie du drame occidental, jugeait-il. Ayant longtemps admiré la spontanéité et l'art des hommes arriérés dans les sociétés pré-littéraires et semi-littéraires, nous nous trouvons engagés sur la route d'un retour à la vie tribale grâce au nouveau média électrique. Ayant longtemps parlé de la condition de l'homme dans une société de masse, nous pouvons nous préparer à écrire sur la condition de l'homme issu de la masse dans un monde individualiste. »

Le trafic au sein des sites d'information établit une première donnée, irréfragable, sur cet homme en voie d'individualisation numérique : il s'éloigne de la presse que nous avons connue. En ligne, le modèle né dans les quotidiens de qualité d'une presse au statut de quatrième pouvoir d'un système démocratique, chargée d'établir l'information de façon responsable, d'exiger des pouvoirs qu'ils soient redevables de leurs actions et d'offrir un espace public de débats, ce modèle n'a plus d'audience à qui s'adresser. Sous l'effet des moteurs de recherche, d'une navigation inspirée par les technologies et de la dynamique propre d'un média bâti comme une œuvre ouverte, les sites sont traversés par une explosion de visites où l'on serait en peine de retrouver le magistère classique d'une rédaction s'adressant à ses lecteurs ou ses auditeurs.

Cette activité quasi autonome de l'audience dans l'invention d'un média a une contrepartie positive : la

presse en ligne est pour le moment affranchie des velléités d'intervention externe visant à peser sur son
contenu. Son réseau est trop ouvert, trop fluide, pour
que les pouvoirs politiques ou les grandes entreprises
sachent comment y obtenir la mise en perspective de
leurs intérêts. De faux blogs, des réactions d'internautes à gages polluent par moments le réseau. Leur
action reste en marge dans le torrent des contenus.

A une plus large échelle, alors que l'information en
provenance des Etats-Unis, y compris sur le réseau,
représente plus de la moitié de toute l'information en
circulation dans le monde, Internet reste le meilleur
lieu pour s'affranchir de la première puissance mondiale. Certes, le réseau est d'invention américaine,
régi par des normes et des codes arrêtés lors de
réunions tenues aux Etats-Unis, mais ces derniers
décrochent de leur position de tête. Le président américain Bill Clinton avait installé une politique volon-
tariste de marche au numérique. Elle a été
abandonnée par son successeur George W. Bush.
Trois années de la présidence de ce dernier ont fait
dégringoler le pays au 13e rang dans l'utilisation
d'Internet.

Comme le remarque la revue *Foreign Affairs* :
« Les Etats-Unis sont devenus le seul pays industriel
qui ne dispose pas d'une politique nationale explicite
pour promouvoir le haut débit. » Au demeurant, il n'y
a pas de siège mondial d'Internet, pas de serveur principal pour régir son trafic et tous les contenus y sont
accessibles de partout. Il est donc possible de travailler sur tous les thèmes sans la sensation, très
lourde dans les rédactions de certains pays, de se
trouver dans l'ombre du géant mondial.

En ligne, pour un journaliste tout paraît possible. Il détient un espace plus ouvert et plus libre que sur tout autre support. Aucune entrave n'est mise à la longueur de ses textes, ni au nombre de ses photos. L'audience du site qui l'emploie croît probablement à un rythme que n'a connu aucun autre média. Il peut même, s'il se sent frustré, mettre en ligne un blog personnel pour relater les avanies de son travail au sein de sa rédaction. Il a potentiellement tout, il a même deux patrons : le sien et l'audience. S'il peut s'arranger du premier, la seconde, insaisissable, le laisse toujours frustré.

Web 2.0

Si une expression ne s'applique pas à Internet, c'est celle qu'emploient, en France, écrivains, acteurs ou concertistes quand ils parlent des moyens de « tenir son public ». En ligne, un site ne « tient » pas son audience, il suit ses déplacements. L'audience visite des sites et les sites recensent ses visites. Mesurer les résultats d'une activité en ligne c'est d'abord mesurer ce trafic : nombre de visites, nombre de visiteurs uniques (dont chacun peut faire plusieurs visites au même site) et nombre de pages vues au cours des visites. Cette approche, semblable à l'action du compteur rattaché au tourniquet à l'entrée d'un métro, s'est vite imposée pour décrire le succès ou l'échec d'un site. Mais le temps aidant, il est également devenu patent que si un site ne « tient » pas son public, il ne peut pas non plus garder la main sur le contenu qu'il met en ligne.

La prise de conscience de cette situation d'une fluidité extrême s'est peu à peu installée parmi les éditeurs sur Internet, dans les premières années du XXIᵉ siècle, avant qu'une conférence, en octobre 2004, ne la décrive d'une expression qui a fait florès : Web 2.0. Le terme ne peut être plus clair : il affirme que le réseau World Wide Web a connu au moins deux époques. La première, née avec l'apparition du premier navigateur, *Netscape*, à la toute fin de l'année 1994, puis la seconde, issue de façon directe de l'utilisation croissante du moteur de recherche *Google* au tournant des années 1998-1999.

L'expression Web 2.0 a été popularisée par un éditeur californien de publications traitant de l'informatique et d'Internet, Tim O'Reilly. Il affirme qu'elle est due à l'un de ses collaborateurs, Dale Dougherty, tentant d'expliquer, après l'explosion de la bulle financière de 2001, qu'en dépit de la catastrophe vécue par beaucoup des premiers investisseurs, Internet vivait une nouvelle vie avec, parmi les entreprises survivantes, plus d'innovations que jamais. La fameuse conférence de 2004 a donc tenté de démêler ce qui, dans la vie des sites, relevait de l'une ou l'autre époque. Consulter l'*Encyclopædia Britannica* en ligne était ainsi Web 1.0, alors que visiter *Wikipedia*, l'encyclopédie rédigée et corrigée par ses propres utilisateurs, était Web 2.0 ; de même, utiliser un espace sur une page pour y placer une publicité relevait de la première époque, tandis que l'emploi de mots de référence pour confier le choix des annonces à publier à un algorithme, à la façon du logiciel Adsense de *Google*, était un acte commercial de la seconde époque.

En vérité, il était difficile de trancher dans une évolution continue. *Wikipedia*, site participatif tenu pour un pur exemple de Web 2.0, ne définit d'ailleurs pas le terme et se contente de le décrire comme « une seconde génération de services basés sur Internet » qui mettent l'accent « sur la collaboration en ligne et le partage des ressources entre les utilisateurs ». La controverse n'est pas éteinte sur la définition du terme Web 2.0, mais les participants à la conférence ont peut-être fait le meilleur travail en s'en tenant à quelques mots : « le réseau en tant que plate-forme ». Autrement dit : avec Web 2.0, toute plate-forme numérique supportant un site, y compris le site personnel d'un internaute, peut offrir tout ce que l'on trouve sur l'ensemble du réseau Internet, tous les contenus, toutes les technologies, tous les apports des autres utilisateurs. Et, bien sûr, le plus souvent gratuitement puisque l'audience a appris à vivre selon cette philosophie de *Google* qui veut que tout soit accessible à quiconque prend la peine de chercher en ligne.

Pour le journalisme, il s'agit bien sûr de l'émergence d'un nouveau paradigme : le passage d'un univers régi par l'offre des producteurs à un monde où la demande des consommateurs a le dernier mot. Tous les supports traditionnels du journalisme sont en effet régis par l'offre de contenus définie par un éditeur ou un rédacteur en chef faisant le sommaire de son média écrit ou audiovisuel. Mais désormais, en ligne, c'est au contraire la demande de chaque membre de l'audience qui définit le contenu du média. Dans une tentative de renaissance qui a valeur de constat, la marque Netscape, symbole de Web 1.0, a d'ailleurs tenté de renaître dans l'univers Web 2.0 en n'étant plus un navigateur mais un site d'information entièrement tenu par l'audience. Cette dernière y amène les nouvelles qu'elle a prélevées sur les autres sites d'information, décide de l'ordre de leur présentation, les range dans des rubriques, y adjoint des commentaires et, pour finir, les ôte de l'affichage lorsqu'elles ont perdu de leur pertinence, le tout sans l'aide du moindre journaliste.

Comme la production de contenus par l'audience ne se dément pas, elle non plus, beaucoup ont cru que Web 2.0 était le point de départ d'un nouveau modèle de l'information ou des sites d'information feraient du journalisme différemment avec un recyclage des produits journalistiques grâce à l'aide de l'audience. C'est une vision limitée car il semble que Web 2.0 est moins un point de départ qu'un point d'arrivée. Une nouvelle époque s'est ouverte qui tient au « maillage » d'Internet avec l'émergence, dans les années 2005-2006, puis l'installation au premier rang du trafic de sites communautaires tels que Myspace ou Youtube. La technologie de ces sites n'invente rien qui n'ait été impossible auparavant, mais en proposant à chaque internaute de bâtir son univers personnel, en hébergeant les contenus qu'il a trouvés en ligne ou qu'il a produits (texte, son, image, vidéo), en gérant le réseau de ses relations, ces sites ont confié à l'audience la mission de faire évoluer Internet au-delà de Web 2.0. Cela se réalise dans une fragmentation des contenus placés dans des niches dont la raison d'être est la seule affaire d'un simple segment de l'audience qui y fait et y met ce qu'elle veut, de l'information journalistique ou bien tout autre chose, puisqu'elle se trouve littéralement chez elle.

Que Myspace, devenu en 2006 le premier site du monde par son audience, soit la propriété de Newscorp, l'un des plus grands groupes de presse de la planète, est révélateur de cette évolution où les éditeurs de presse se reposent sur l'audience pour continuer à développer leur métier en ligne. En 2006, l'agence mondiale d'information Reuters a même sauté le pas en créant le journaliste virtuel Adam Reuters, reporter dans le monde virtuel *Second Life*, où chaque fait, chaque donnée est un pur produit médiatique de cette audience que les journalistes s'épuisent de plus en plus à suivre, y compris lorsqu'elle s'échappe du monde réel.

La fin des médias de masse

Pour saisir la nature rétive à tout décryptage du comportement de l'audience sur Internet, le plus simple est de relire une des nouvelles rédigées à la façon d'un tour de force par l'écrivain argentin Jorge Luis Borges. Elle s'intitule *Pierre Ménard, auteur du Quichotte*. Ménard, qui vit au XXᵉ siècle, écrit mot à mot, non pas toute l'œuvre de Cervantès mais une page, une page complète, absolument identique à l'original. Il ne veut pas pasticher le maître espagnol, il ne veut pas non plus le rendre contemporain. En fait, il réalise cette prouesse sans s'en rendre compte. Et la similitude des deux pages n'a aucune signification : à quatre siècles de distance, alors que le sens des mots n'a pas tellement changé, le contexte de leur utilisation, lui, est bouleversé. La même page signifie tout autre chose chez l'un et l'autre auteurs.

Ce conte expose dans une prémonition foudroyante l'ambiguïté inhérente au réseau. Seul devant son écran, dessinant un itinéraire unique de page à page, mélangeant les e-mails de son courrier, ses archives et des copier-coller, tout internaute est un Pierre Ménard occupé à donner une signification unique aux matériaux qu'un autre internaute, ailleurs, comprend d'une façon radicalement distincte. La subjectivité irréductible qu'engendre le média a mis en vogue deux termes dans les études de sémiologie appliquées à Internet. On parle ainsi d'« apophénie » : découverte de rapports ou de significations par rapprochement d'éléments qui n'ont rien à voir. Un autre terme est emprunté au vocabulaire de l'espionnage, la « stéganographie » : cet art de la dissimulation, et non de la cryptographie, détaille comment des données sont placées ou retirées d'autres données.

Le philosophe espagnol José Ortega y Gasset définit le sujet comme « moi, dans mon contexte ». Sur Internet, l'internaute semble relever davantage d'un « mon contexte, et moi ». Un mystère qui ne saurait se réduire à une suite de pages visitées. La presse écrite, la radio, la télévision disposent de modèles convaincants sur le comportement du lecteur, de l'auditeur ou du téléspectateur, car ils appartiennent à une audience soumise à un contenu identique pour tous. En revanche, pour l'internaute, l'enchevêtrement des options et des itinéraires bâtit une singularité totale : une personne, dans son contexte, constitue toute l'audience d'un contenu qui n'appartient qu'à elle.

La seule composante stable, partagée par tous, c'est le temps Internet. L'instantanéité acquise dès la création du réseau, confortée par le haut débit, brise les liens patients que les autres formes de journalisme tentent de bâtir pour se placer dans l'histoire. En ligne, sur un site d'information, l'immédiateté constitue le contexte commun. Tout va si vite qu'une continuité significative des événements peine à s'installer dans un déferlement de nouvelles déployées de façon implacable, sans projet apparent ni mémoire. Dès que l'internaute agit, réagit, s'étonne, surfe ou interroge un moteur de recherche, un second contexte s'installe, atemporel celui-là, qui n'a plus pour référence l'immédiateté mais la subjectivité. Le profil personnel, le temps et les thèmes traités deviennent dès lors les facettes d'une inatteignable matrice à trois dimensions bâtie par une personne, et intelligible uniquement pour elle. Etre en ligne amène toujours à être à l'écart.

Comprendre dans le détail la navigation de l'internaute ressemble très vite à l'une des frustrations les plus récurrentes que procure le théâtre, universelle par l'étendue de son renouvellement, et générée à chaque représentation de *Hamlet*. Lorsque le héros s'avance, à la scène 2 de l'acte II, et qu'il ne fait pas de doute, même pour le spectateur le plus obtus, qu'il s'agit d'un homme habité de sérieux problèmes existentiels, Shakespeare indique simplement qu'il tient un livre ouvert. Titre et nature de l'ouvrage ne sont pas précisés, ce qui demeure quand même très agaçant. Impossible d'imaginer que l'action qui va suivre serait la même s'il lit un livre sur l'art d'accommoder le gibier ou un recueil de sonnets amoureux.

Le critique argentin Ricardo Piglia tient cette incertitude pour négligeable au seul vu d'un livre : « Hamlet, écrit-il, parce que c'est un lecteur, est un héros de la conscience moderne. L'intériorité est en jeu. » Formulerait-on la même affirmation si ce même Hamlet tenait un *Notebook*, connecté en Wifi, avec sur l'écran le même texte que sur la page de son livre ? Sans attendre qu'un metteur en scène, hélas, donne corps à cette vision, on peut tenir une réponse pour acquise : Hamlet, parce qu'il serait alors un internaute, n'hésiterait pas entre être ou ne pas être en ligne. Il serait toujours connecté, mais cela, peut-être, achèverait de le couper des autres.

Quand on l'interroge sur ce qu'il lit, sa réponse semble exaspérée : « *Words, words, words* » (des mots, des mots, des mots). Comment décrirait-il, si ce n'est par l'envoi d'un e-mail incluant un copier-coller, le bombardement de l'information en ligne ? Des pages, des pages, des pages produites à la demande, par un algorithme qui ne répètera plus la même combinaison, et qui sont vues par un internaute qui en constitue l'audience à lui tout seul.

Rien n'est encore acquis de la nature d'Internet dans la relation entre le média et le corps social où se perçoit classiquement l'essence d'un média de masse. Les références rituelles enseignées dans tous les pays expliquent que l'Etat-nation n'aurait pu s'installer sans le journal quotidien, pas plus qu'Hitler n'aurait pu asseoir sa domination sur le peuple allemand sans la radio et que le play-boy John Kennedy n'aurait pu vaincre le laid Richard Nixon lors de l'élection à la présidence des Etats-Unis sans disposer de la télévision.

Il n'est plus temps de se demander quel démon ou quel ange sera la créature portée ainsi par le nouveau média. La réponse est acquise : le réseau a placé l'internaute au premier plan d'un univers qu'il domine sans concurrent. Internet est le média ultime, partout présent, immatériel. Son audience, en voie d'élargissement rapide, atteint la dimension de la terre entière, mais les masses y sont émiettées. C'est le média sans masse, instantané, le réseau où chacun se déplace trop vite pour être le témoin, même furtif, de sa propre solitude.

Remerciements

Jean-Marie Colombani a voulu, entrepris et soutenu le développement du *Monde Interactif*, l'entreprise éditrice du *Monde.fr*. Sans cette aventure, ce livre n'aurait pas vu le jour. Nous lui exprimons notre gratitude.

Le dialogue, le travail et, surtout, l'amitié, partagés avec Yann Chapellon, directeur général du *Monde Interactif*, Boris Razon, son rédacteur en chef, et Dao Nguyen, conceptrice-gourou, ont nourri, contesté et enrichi les idées de cet essai.

Jean-Christophe Potocki et Elodie Buronfosse nous ont permis de mieux comprendre l'univers numérique dans les dimensions de l'ingénierie informatique et du marketing.

Martina Cubiles nous a aidés au quotidien.

Olivier Nora et Christophe Bataille nous ont honorés de leur confiance.

Merci à tous ceux-là, et aux autres, ceux de l'équipe qui vit depuis dix ans déjà.

B.P. et J.-F.F.

Notes et sources

1. Le nouveau régime de la presse

Page 11. La parabole du camion et du douanier a été souvent citée, voir notamment *Media Unlimited* de Todd Gitlin, Owl Books, New York, 2002, p. 3.

p. 15. « We had 50 images within an hour », *MediaGuardian*, 11 juillet 2005 (site accessible sur enregistrement); voir les contributions de Julia Day, « Citizen Reporters », et John Plunkett, « The day *in* numbers ».
http://media.guardian.co.uk/mediaguardian/story/0,7558,152520, 00.html

p. 16. « Did London bombings turn citizen journalists into citizen paparazzi ? » de Mark Glaser, 12 juillet 2005, *Online Journalism Review*.
http://www.ojr.org/ojr/stories/050712/glaser/index.cfn

p. 17. Sur le nombre des internautes : rapport du groupe de travail de l'ONU sur la gouvernance d'Internet préparé pour le Sommet mondial de la société de l'information réuni le 18 juillet 2005 à Genève.

p. 18. Sur l'émergence de la radio en tant que nouveau média d'information et son conflit avec la presse écrite : *The Creation of the Media, Political Origins of Modern Communication* de Paul Starr, Basic Books, New York, 2004, pp. 327-342.

p. 20. *« We look at the present through a rear-view mirror. We march backwards into the future » in The Medium is the Massage : an*

Inventory of Effects de Marshall McLuhan et Quentin Fiore, Bantam, New York, 1967, sans pagination.

p. 21. « Free dailies : Past or Future ? », volume IV n° 4, juin 2005, *Strategy Report : Shaping the Future of the Newspaper*, World Association of Newspapers.

p. 21. *Being Digital* de Nicholas Negroponte, Knopf, New York, 1995, pp. 168-169. Traduction française : *L'Homme numérique*, Robert Laffont, 1995.

p. 22. Sur le nombre de sites, voir *A Nation Transformed by Information*, éditeurs A. Chandler Jr. et J. Cortada, notamment la contribution de L. Sproull, Oxford Univesity Press, Oxford, 2000.

p. 23. *Digitizing the News, Innovation in Online Newspapers*, de Pablo J. Boczowski, The MIT Press, Cambridge, 2004, pp. 17 et 184.

p. 24. *The Great Game, The Myth and Reality of Espionage* de Frederick P. Hitz et Alfred A. Knopf, New York, 2004, p. 4.

p. 25. *The Elements of Journalism*, Crown Publishers, New York 2001. Le manifeste de Bill Kovach et Tom Rosenstiel, qui a généré une réflexion au sein de la presse du monde entier, est traduit dans de multiples langues ; il n'est pas disponible en français. Les deux auteurs appuient leur prise de position sur un travail de recherche préalable où ils dégagent les cinq traits caractéristiques de l'évolution des médias : *Warp Speed*, The Century Fondation Press, New York, 1999, p. 6.

p. 25. *Public Opinion* de Walter Lippman, Free Press Paperbacks, Simon and Schuster, New York, 1997, p. 222.

p. 26. Le livre V, particulièrement le chapitre 2, de *Notre-Dame de Paris* expose la thèse de Victor Hugo selon laquelle « le genre humain a deux livres, deux registres, deux testaments, la maçonnerie et l'imprimerie… », le passage de l'une à l'autre ayant eu lieu au XVe siècle, après lequel ce sont les livres et non les bâtiments qui témoignent du passé.

p. 26. *Newspapers : an industry in crisis* de Jemima Kiss, 10 mars 2005, compte rendu d'un entretien entre responsables de rédactions britanniques et américains tenu à huis clos au Cambridge MIT selon les règles de la Chatam House (aucune citation personnelle ne peut être attribuée à un participant).
http://www.journalism.co.uk/news/story1294.html

p. 26. « The State of the News Media, An Annual Report on American Journalism », édition 2005, introduction de la partie sur le journalisme online.
http://www.stateofthemedia.org/2005/narrative_online_intro.asp? cat=1&media=3

p. 27. Discours prononcé par Rupert Murdoch devant l'American Society of Newspaper Editors, 13 avril 2005.

p. 28. Les études réalisées par l'UCLA dans le cadre du « World Internet Project » sont désormais disponibles sur le site de l'école Annenberg de l'université de Californie du Sud.
http://www.digitalcenter.org

p. 29. *My Life* de Bill Clinton, Hutchinson, Londres, p. 557 (traduction des auteurs). Version française : *Ma vie*, Odile Jacob, Paris, 2004, p. 587.

p. 29. *The Devil and Sonny Liston* de Nick Toshes, Back Bay Books, 2001, p. 189.

2. Le navigateur roi

p. 31. *La Fin d'une liaison* (*The End of an Affair*) de Graham Greene, traduit par Marcelle Sibon, éditions 10/18, « Domaine étranger », 2000.

p. 31. Les ouvrages relatant la création d'Internet sont nombreux. Celui de Manuel Castells est incontournable : *La Société en réseaux*, trois volumes (Fayard, 2001 pour la nouvelle édition). Voir notamment le volume 1, *L'Ere de l'information*, chapitre « La révolution des technologies de l'information », pp. 53-96.

p. 31. La saga de Jim Clark, fondateur de *Netscape*, est racontée par Michael Lewis, dans son ouvrage *The New New Thing*, Penguin Books, 2000, chap. « *The Telecomputer* », pp. 51-54. Lewis, qui a rencontré le succès en décrivant, dans *Liars Poker*, Norton & Company, 1989, son expérience dans une banque d'affaires américaine à Londres avant le crash de 1987, traite l'invention d'Internet en adoptant l'angle de la bulle financière. Il raconte son éclatement dans *Next, The Future Just Happened*, W.W. Norton & Company, 2002.

p. 34. Sur les trois métaphores utilisées par Internet, voir Doc Searls, fondateur du *Linux Journal*, cité par Francis Pisani (qui reproduit un échange d'e-mails), sur son blog du *Monde.fr*.
http://pisani.blog.lemonde.fr

p. 35. La bible qui fonde ou refonde, comme on voudra, la théorie des réseaux reste *Six Degrees, The Science of a Connected Age*, de Duncan Watts, W.W. Norton & Company, New York/Londres, 2003. Sur la fondation par Euler, voir p. 28.

p. 35. Les fonctionnalités du programme *XITI* sont consultables sur : *http://www.xiti.com*

p. 39. Les données chiffrées concernant *Google* datent de juillet 2005, et proviennent de deux sources. Pour les Etats-Unis, il s'agit de l'étude « Comscore (US Home and Work) », consultable sur *http://www.comscore.com*, qui crédite *Google* de 82,3 millions de visiteurs uniques et 36,5 % de part de marché sur les recherches en ligne. Pour la France, on utilise « Mediametrie Net Ratings », consultable sur *http://www.mediametrie.fr*, qui crédite *Google* de 12,4 millions de visiteurs uniques, avec une part de marché de 78 % des recherches en ligne. A noter : Net Ratings, aux Etats-Unis, crédite *Google* d'une part de marché de 47 % sur les recherches en ligne.

p. 40. Sur l'expérience que constitue l'utilisation de *Google*, voir « Gaga over Google », *The New Atlantis*, n° 5, printemps 2004, pp. 99-101.

p. 41. Le rapprochement entre le jeu et la connaissance est évoqué dès 1990 par Jim Clark lors de la conférence « PC Out », que mentionne Michael Lewis dans *The New New Thing* (*ibid.*, p. 51).

p. 42. Sur l'utilisation intensive de *Google*, notamment par Dave Gorman : « In Searching We Trust » de David Hochman, *The New York Times*, 14 mars 2004. La saga de Dave Gorman est racontée dans son livre, *Are You Dave Gorman?*, de Dave Gorman et Danny Wallace, Edbury Press, 2002 et sur son site : *http://www.davegorman.com/googlewhack.htm*

p. 44. Sur *Tivo*, voir notamment : *http://www.technologyreview.com*

p. 45. Sur Topix, voir : *http://www.topix.net/topix/about*

p. 46. Sur Findory, voir : *www.campusxml.org/news/fullstory. php/aid/706/Le_journal_personnalis_9,_une_nouvelle_approche_ dans_l%92Offre_d%92information.html*. On peut retrouver sur ce site les propos de Greg Linden.

p. 47. Le module flash *EPIC 2014* est visible à l'adresse : *http://epic.chalksidewalk.com*
Une traduction (approximative) en français est disponible sur : *http://rimarchives.free.fr/epic2014.htm*

178

p. 47. Les scénarios catastrophe cités sont énoncés dans la conférence « The New York Times Company in the Age of Convergence » prononcée par Arthur Sulzberger Jr., président du *New York Times*, le 20 février 2002 lors du « Seybold Seminars », à New York.

p. 48. Philip Meyer, *The Vanishing Newspaper, Saving Journalism in the Information Age*, University of Missouri Press, 2004. Le livre a été cité par Rupert Murdoch, lors de son discours devant l'American Society of Newspaper Editors, le 13 avril 2005; consultable sur :
http://www.newscorp.com/news/news_247.html

p. 50. La déclaration de Sergey Brin figure dans l'article : « In Searching We Trust » de David Hochman, *The New York Times*, 14 mars 2004.

p. 50. L'étude de Rusty Coats, réalisée pour Mori, est consultable à l'adresse :
http://www.moriresearch.com/news/download/NAA_report.pdf

p. 51. Sur la distribution de l'efficacité des actions au sein des *scale-free networks*, voir *Six Degrees, The Science of a Connected Age*, de Duncan Watts, W.W. Norton & Company, New York/Londres, 2003. Chapitre 4 : « Beyond the Small World ».

p. 51. *L'Automne du Patriarche* de Gabriel García Márquez, Grasset, 1976, p. 110.

3. Le contexte de l'œuvre ouverte

p. 53 *My Life and the Times* de Turner Catledge, Harper and Row, New York, 1971, p. 211.

p. 54. « Journalism as an Anglo-American Invention : A Comparison of the Development of French and Anglo-American Journalism, 1830s-1920s », *European Journal of Communication*, volume 11, 1996, pp. 303-326.

p. 55. Ted Nelson expose son itinéraire dans « Opening Hypertext : A Memoir », contribution à *Literacy Online : The Promise (and Peril) of Reading and Writing with Computers*. M.C. Tuman, University of Pittsburgh Press, Pittsburgh, 1992, pp. 43-57.

p. 56. Sur « Hypertext 87 » : *ACM Hypertext 87 Proceedings of the Eighth ACM Conference on Hypertext*, The Association for Computing Machinery, New York, 1989.

p. 58. Sur la référence de Ted Nelson au karaoké : « Visionary lays into the web », entretien de Tracey Logan avec Ted Nelson pour le programme « Go Digital » de la BBC.
http://news.bbc.co.uk/1/hi/sci/tech/1581891.stm

p. 59. Texte de la conférence « Electronic Revolution : Revolutionnary Effects of New Media », prononcée par Marshall McLuhan le 3 mars 1959 à Chicago, repris dans « Understanding Me », The MIT Press, Cambridge, 2003, p. 8.

p. 62. Sur *AdSense* et *ContentMatch* : « The good, bad and ugly of contextual ads from *Google*, *Yahoo !* » de Mark Glaser, *Online Journalism Review*, 6 juillet 2005 :
http://www.ojr.org/ojr/stories/050706glaser/

p. 63. Dessin de Peter Steiner, *The New Yorker*, 5 juillet 1993.

p. 64. *L'Œuvre ouverte* de Umberto Eco, Editions du Seuil, « Points », 1965, p. 43.

p. 64. Virginia Woolf prononce sa formule « On or about December, 1910, human character changed » lors d'une conférence donnée en 1924 devant la Cambridge Heretics Society. Voir « Characters in Fiction, The Essays of Virginia Woolf », volume 3 1919-1924, Harcourt Brace Jovanovich, New York, 1988, p. 421.

p. 66. Propos tenus par Henry Kissinger lors du programme de télévision de Moses Znaimer, CBC, 9 avril 1985. Cité dans *The Rise of the Image, The Fall ot the Word* de Mitchell Stephens, Oxford University Press, New York/Oxford, 1998, p. 181.

p. 67. Sur la technologie *Flash* voir « The Flash Platform », présentation de Macromedia :
http://www.macromedia.com/platform/whitepapers/platform_over view.pdf

p. 67. Sur la pénétration de *Flash*, voir l'étude du Patricia Seybold Group : « Macromedia's Flash Platform, Bringing Rich Experiences to the Masses », Advisory Service, 16 juin 2005 :
http://www.macromedia.com/platform/whitepapers/psgroup_flashplatform.pdf

p. 67. L'étude des « usages et gratifications » de l'audience des médias s'amorce avec *The Uses of Mass Communications : Current Perspectives on Gratifications Research* de Jay Blumler et Elihu Katz, Sage, Beverly Hills, 1974.

p. 69. « The Age of Egocasting » de Christine Rosen, *The New Atlantis*, n° 7, Fall 2004/Winter 2005, pp. 51-72.

p. 70. La théorie de l'*agenda setting* a pour article séminal « The Agenda-Setting Function of Mass-Media » de Maxwell McCombs et Donald Shaw, *Public Opinion Quaterly*, n° 36, 1972, pp. 176-185.

p. 70. *Media Unlimited* de Todd Gitlin, Metropolitan/Owl Book, New York, 2002, p. 119.

p. 71. *Ultime notizie sul giornalismo. Manuale di giornalismo internazionale* de Furio Colombo, Laterza & FIGLI, Rome, 1975. Ce manuel traduit dans de nombreuses langues est indisponible en français.

4. L'allure du réseau

p. 73. Beatrice Warde, typographe américaine installée en Grande-Bretagne, a prononcé sa conférence « Le gobelet de cristal » le 7 octobre 1930, devant la British Typographers' Guild, au St Bride Institute de Londres. Le texte, reproduit ensuite à de multiples reprises, est le premier essai de son ouvrage *The Crystal Gobelet : Sixteen Essays on Typography*, Sylvan Press, Londres, 1955.

p. 73. Sur la création du *Times New Roman* et la place de Stanley Morison dans l'histoire de la typographie : *Twentieth Century Type designers* de Sebastian Carter, W.W. Norton & Company, Londres/New York, 1995, pp. 88-93.

p. 77. *Newspaper Design* de Harold Evans, Holt, New York, 1973.

p. 78. Paul Valéry *in* « Les livrets du bibliophile », Maastricht, 1926.

p. 78. « Eyetrack III » est une étude conjointe menée par The Poynter Institute, The Estlow Center for Journalism & New Media, et Eyetools.
http://www.poynterextra.org/eyetrack2004/index.htm

p. 80. « Jakob Nielsen's Alertbox for October 1, 1997 » :
http://www.useit.com/alertbox/9710a.html

p. 81. *Designing Web Usability* de Jakob Nielsen, News Riders Publishing, Indianapolis, 2000. Sur la contestation des thèses de Jakob Nielsen :

http://www.digital-web.com/articles/end_of_usability_culture/
http://www.digital-web.com/articles/end_of_usability_culture
_redux/

p. 83. *Le Jour et la Nuit* de Georges Braque, Gallimard-NRF, 1952.

p. 84. Sur le calcul de la couleur par les ordinateurs, une explication générale :
http://www.webdevelopersjournal.com/articles/websafe1/web-safe_colors.html

p. 85. Une vue plus analytique de l'absence d'une norme universelle dans le calcul numérique des couleurs :
http://webmonkey.wired.com/webmonkey/00/37/index2a html?tw=design

p. 85. Sur l'histoire des polices digitales : « A cast in thousands » de Phil Baines, *Eye Magazine*, n° 45, automne 2002.

p. 87. Sur l'histoire de la mise en pages des journaux : *Seeing the Newspaper* de Kevin G. Barnhurst, St Martin's Press, New York, 1994, pp. 161-198.

p. 88. Le Modulor est un système de calcul de proportions harmonieuses basé sur le corps humain et mis au point par Le Corbusier. Proposé en 1947, il a été aussitôt décliné dans d'autres disciplines que l'architecture et notamment le graphisme.

p. 89. Entretien avec Roger Black, 31 octobre 2003, New York. Publié en partie dans le supplément du *Monde* daté du 5 décembre 2003 : « Le tour du monde en 80 journaux. »

p. 91. *Discovering the News, a Social History of American Newspapers* de Michael Schudson, Basic Books, 1978, p. 119.

5. Le sanctuaire en ligne

p. 93. L'axiome de Balzac sur la presse qu'il ne faudrait pas inventer figure en conclusion de la « Monographie sur la presse parisienne » reproduite dans *Les Journalistes* d'Honoré de Balzac, Arléa/Poche, Paris 1998, p. 143.

p. 93. *Les Illusions perdues* d'Honoré de Balzac, Gallimard, « Folio classique » n° 62, p. 245 et *sq.* (description de la rédaction), p. 321 (le journalisme), p. 361 (les journalistes).

p. 95. *L'Apparition du livre* de Lucien Febvre et Henri-Jean Martin, « Bibliothèque de l'Evolution de l'humanité », Albin Michel, 1999, pp. 191-242. Voir aussi *The Fiftheen Century Book* de Curt Buhler, University of Pennsylvania Press, Philadelphie, 1960, et *The Printing Revolution in Early Modern Europe* d'Elizabeth L. Eisenstein, Cambridge University Press, Cambridge, 1983.

p. 95. « A Few Veterans Look Back », entretien avec Bernard Gwertzman, rédacteur en chef du *New York Times on the Web*, et Martin Nisenholtz, directeur général du *New York Times Digital*, 22 janvier 2001, pages spéciales sur le cinquième anniversaire du site.
http://www.nytimes.com/library/tech/référence/roundtable.html

p. 98. Les chiffres cités sur la rédaction d'Univision sont tirés du *benchmarking* que réalisent les pionniers d'Internet de façon officieuse afin de s'entraider.

p. 99. *Film as Art* de Rudolph Arnheim, Faber & Faber, Londres, 1958, p. 146.

p. 101. « The Evolution of Online Newspapers : A Longitudinal content analysis, 1997-2003 », de Jennifer Greer et Donica Mensing, *in Internet Newspapers : The Making of a Mainstream Medium*,University of Nevada, Reno, 2006.

p. 101. Les phrases citées sont authentiques. Elles ont été prononcées par un journaliste toujours actif dans un pays européen. Citées devant des responsables de site, elles provoquent immanquablement des témoignages sur des propos analogues dans d'autres médias, d'autres pays.

p. 102. Pour avoir une vision de l'allure de la salle de rédaction de *MSNBC* :
http://www.setstudio.com/pages/msnbc/

p. 102. Un modèle théorique de la convergence entre rédactions propose cinq niveaux de rapprochements : « The Convergence Continuum : A Model for Studying Collaboration Between Media Newsroom », de Larry Dailey, Lori Demo et Mary Spillman, Department of Journalism, Ball State University of Indiana.

p. 103. « Convergence ? I diverge » de Peter Jenkins, *Technology Review.com*, juin 2001.
http://www.technologyreview.com/articles/01/06/jenkins0601.asp

p. 103. Sur l'échec de l'expérience de Tampa : « Uncovering the Quality of Converged Journalism » de Edgar Huan, Lisa Rademakers, Moshood Fayemiwo et Lillian Dunlap. Etude de l'Indiana University.
http://www.poynter.org/resource/69008/USF_study1.pdf

p. 104 Sur l'échec en rentabilité des expériences de convergence : « Business side of convergence has myths, some real benefits » de Mark Glaser, *Online Journalism Review*, 19 mai 2004.
http://www.ojr.org/ojr/business/1084948706.php

p. 104. Sur le sort des rédactions papier et Internet du *New York Times,* du *Wall Street Journal* et du *Washington Post* : « GrayLady.com : NY Times explodes wall between print, Web » de Mark Glaser, *Online Journalism Review*, 9 août 2005 :
http://www.ojr.org/ojr/stories/050809glaser/

« New York Times merges staffs : web site, print newsroom employees to be consolidated », de Justin Gillis, *The Washington Post*, 3 août 2005.

p. 106. Sur la réalisation des prédictions initiales au terme des dix premières années du journalisme en ligne voir « New News Retrospective : is online news reaching its potential ? » de Nora Paul, *Online Journalism Review*, 24 mars 2005.
http://www.ojr.org/ojr/stories/050324paul/

p. 109. *Newsblaster* est un projet expérimental mené dans un cadre strictement universitaire par le « Natural Language Processing Group » du département de Computer Science de l'université de Columbia.
http://www1.cs.columbia.edu/nlp/newsblaster/

p. 112. « Next-Wave Publishing, part 3 : révolutions *in* content », *The Seybold Report*, vol. 3, n° 23, 15 mars 2003, p. 3
http://www.seyboldreports.com/TSR/0323page1.html

p. 112. « Le W3C publie les recommandations RDF et OWL – l'émergence du Web sémantique comme plate-forme commerciale du partage de données sur le Web. »
http://www.w3.org/2004/01/sws-pressrelease.html.fr

p. 113. Sur les blogs, voir « One blog created every second », publié par la BBC en ligne le 2 août 2005. http://news.bbc.co.uk/1/hi/technology/4737671.stm
Sur le nombre de blogs : http://www.blogherald.com

6. La centrifugeuse numérique

p. 117. L'article de la *Harvard Business Review*, « Marketing myopia », est de Theodore Levitt. Publié pour la première fois en 1960, il n'a cessé d'être remis à jour. La dernière publication remonte à juillet 2004. Il est consultable, au prix de 6 dollars américains, sur :
http://harvardbusinessonline.hbsp.harvard.edu/b02/common/item _detail.jhtml?id=R0407L

p. 119. *Pattern Recognitions* de William Gibson, Viking, Londres, 2003, p. 57.

p. 119. Le dessin mentionné est de Pétillon.

p. 121. Le catalogue des modèles économiques présents sur Internet est consultable sur le site de Michael Rappa :
http://digitalentreprise.org/mrappa.html

p. 122. L'étude réalisée sur les 1 456 sites de quotidiens en ligne est mentionnée dans un article du *New York Times*, « Can papers end the free ride online ? », 14 mars 2005.

p. 124 Michael Porter, un des inventeurs de la stratégie d'entreprise, avec son livre *Competitive Advantage,* Free Press, nouvelle édition 1998, a abordé tôt Internet dans un article qui reste d'actualité : « Strategy and the Internet », *Harvard Business Review*, mars 2001.

p. 124. Léon Walras, *Œuvres économiques complètes*, Editions Economica, 2005.

p. 126. Le livre de Jeremy Rifkin, écrit aux débuts de l'Internet, est une référence : *L'Age de l'accès, la révolution de la nouvelle économie*, nouvelle édition publiée à La Découverte, 2005.

p. 128. Paul Starr, dans *The Creation of the Media, Political Origins of Modern Communications,* Basic Books, 2004, détaille l'interaction entre choix politiques et possibilités techniques lors de la naissance de nouveaux médias.

p. 129. Sur la loi de Gordon Moore, voir G.E. Moore, « Cramming more components onto integrated circuits », *in Electronics*, vol. 38, num. 8, avril 1965. Le texte est disponible sur le site d'Intel avec d'autres publications de Moore :
http://www.intel.com
Voir également « Moore's law at 40 : happy birthday », *The Economist*, 26 mars 2005.

p. 130. La loi de Gilder a été publiée par *Forbes* : G. Gilder, « Fiber keeps its promise : get ready bandwidth will triple each year for the next 25 », *Forbes*, février 1997. Le texte intégral est disponible sur :
http://www.discovery.org/scripts/viewDB/index.php?command=view&id=22

p. 131. La loi de Metcalfe résulte d'un calcul mathématique. On retrouve son expression sur le site :
http://www.dtc.umn.edu/~odlyzko/doc/metcalfe.pdf.
Sur la controverse mathématiques à propos du calcul de la progression, voir l'article d'Andrew Odlyzko et Benjamin Tilly :
http://www.dtc.umn.edu/~odlyzko/doc/metcalfe.pdf

p. 131. Nombre des utilisateurs : *http://www.internetworldstats.com/stats.htm*

p. 133. Rob Runnet est cité dans *The New York Times* « Can papers end the free ride online ? », *ibid*.

p. 134. Le professeur Clayton Christensen, dans *The Innovator's Dilemma*, HBS Press, 1997, installe le concept de la disruption, en partant de l'exemple des producteurs de disques durs et de disquettes. Le livre est devenu un classique.

p. 135. Dès 1993, Jean-Marie Guéheno, dans *La Fin de la démocratie*, Flammarion, 1993, annonce l'arrivée de l'âge du réseau, qui succède à une organisation fondée sur le droit romain et le territoire. Voir pp. 37-56.

p. 136. En 2004, à Istanbul, devant le Congrès mondial des journaux, Juan Luis Cebrián avait ainsi proclamé que la presse « affronte l'apparition d'une société numérique, qui est un changement historique de civilisation ». Voir : « Cebrián : El periódico se enfrenta a un cambio histórico de civilización », de Miguel Angel Bastenier, *El País*, 1er juin 2004.

p. 136. Une étude sur la situation économique des journaux face à leur filiale numérique a été réalisée par le Poynter Institute. Ses conclusions sont mitigées : ce n'est pas avant 2018, au mieux, que le chiffre d'affaires réalisé par une filiale d'information en ligne est en mesure de compenser la baisse tendancielle du chiffre d'affaires des journaux. En termes de marge, les conclusions sont plus positives. Voir : « An online rescue for newspapers ? », 27 janvier 2005, sur :
http://www.poynter.org/content/contentprint.asp?id=77603

7. L'écrit et les mots

p. 139. Le choc des deux galaxies est une vision récurrente dans la première partie de l'œuvre de Marshall McLuhan. Parmi les bons exposés qu'il en a fait figure la conférence « Technology, the media and culture », prononcée le 28 octobre 1960 à l'Ohio State University Graduate's School, reprise dans *Understanding Me* de Marshall McLuhan, The MIT Press, Cambridge, 2003, p. 13. La formulation la plus fameuse de cette proposition clôt le dernier chapitre de *The Gutenberg Galaxy*, Routledge and Kegan Paul, Londres, 1962, pp. 278-279.

p. 139. Une relecture de Marshall McLuhan à l'ère numérique se trouve dans Paul Levinson, *Digital McLuhan, a Guide to the Information Millennium* (Routledge, nouvelle édition en 2001).

p. 139. Neil Postman, *Amusing Ourselves to Death, Public Discourse in the Age of Show Business*, Penguin Books, 1984, notamment pp. 3-16 : « The media is the metaphor ».

p. 144. L'ensemble de l'œuvre de Walter Ong se retrouve dans son principal ouvrage : *Orality and Literacy : The Technologizing of the Word,* Routledge, nouvelle édition en 2002.

p. 144. Le concept de village global apparaît dès *La Galaxie Gutenberg* (*ibid.*). Tom Wolfe, romancier et créateur du nouveau journalisme, rapproche ce concept de celui de la noosphère du jésuite Pierre Teilhard de Chardin. Ce dernier annonçait l'unification à venir des âmes humaines par la technologie, l'érection d'un système nerveux unique pour l'humanité entière, organisé telle une membrane continue au-dessus de la planète : « une sphère pensante, surper-imposée coextensivement (mais en combien plus liée et homogène !) à la biosphère ». Voir la préface de Tom Wolfe dans Marshall McLuhan : *Understanding Me*, édité par Stephanie McLuhan et David Staines, MIT Press, 2003, pp. 16 et 17.

p. 144. La télévision comme productrice de lien social se retrouve notamment dans les déclaration de Roger Stanton, patron de CBS, lors d'une audience devant une commission du Congrès en 1956 : « Notre chaîne de télévision joue un rôle important, elle donne à l'Amérique sa conscience quotidienne d'être une nation. » L'audience et son contexte sont racontés par William Boddy, dans sa communication universitaire au MIT, « Redfining the home screen », qui analyse l'influence des outils du type *Tivo* sur les chaînes de télévision. Consultable sur :
http://web.mit.edu/comm-forum/papers/boddy.html

p. 145. *What the Twilight Says* de Derek Walcott, Farrar, Strauss and Giroux, New York 1998, p. 71.

p. 148. *Wikipedia* est consultable sur *http://www.wikipedia.org*

p. 148. Joseph Klapper, *The Effects of Mass Communication*, Free Press, 1960, s'inscrit en droite ligne des travaux de Harold Lasswell, qui, dans un ouvrage de 1936 dirigé par Lyman Brysson, *The Communication of Ideas*, résume la théorie de l'information en une interrogation demeurée célèbre : « *Who gets what, when and how ?* » : qui reçoit quoi, quand, et comment ?

p. 150. James Joyce, dans *Finnegan's Wake,* Penguin Twentieth century Classics, réédition de 1999, raconte l'histoire d'une famille de Dublin au moyen d'une écriture en évolution constante. L'œuvre est parsemée d'une dizaine de coups de tonnerre, représentant les bouleversements techniques de l'histoire de l'humanité : la parole, l'imprimerie, la révolution industrielle, le cinéma. Le livre est écrit trop tôt pour avoir l'intuition de la révolution numérique. Celle-ci est néanmoins annoncée au détour d'une phrase : « *He caun ne' er be bothered but maun e' er be waked. If there is a future in every past that is present* Quis est qui non novit quinnigan *and* Qui quae quot *at Quinnigan's Quake ! Stump ! His producers are they not his consumers ? Your exagmination round his factification for incamination of a warping process. Declaim !* »

p. 150. Pour une brillante analyse des rapports entre McLuhan et Joyce, voir l'article de Marc Chevrier paru dans la revue canadienne *Liberté* en avril 1999 :
http://agora.qc.ça/textes/chevrier17.html

p. 150. *OhmyNews* est consultable en anglais sur :
http://english.ohmynews.com.

p. 150. Sinon, voir l'article de Bertrand Le Gendre dans *Le Monde*, « La blogosphère contre les médias », 25 mai 2005, et l'article du *Financial Times*, « Koreas's citizen reporters take on traditional media » de Anna Fifield, 6 novembre 2004.

p. 151. Le *Lawrence Journal-World* est consultable à l'adresse :
http://www.ljworld.com

p. 151. Sur l'analyse de l'hypersphère, voir « La médiasphère » de Régis Debray dans *Medium*, n° 4, juillet 2005, p. 146.

p. 154. Le concept relevant qu'une corporation se méfie de toutes les institutions sauf de celle qu'elle constitue, a été formulé par le critique américain Lionel Trilling, reprochant aux intellectuels de son pays, dans les années cinquante, d'être habités par une « *adversary culture* ». Voir *Mind in the Modern Word*, Penguin, 1973.

p. 156. Pour les impacts d'Internet sur la consommation des journaux, voir surtout l'étude réalisée en 2004 par Merrill Brown : « Abandonning the News », Carnegie Corporation of New York. *http://www.carnegie.org/reporter/10/news*

8. La fin des médias de masse

p. 160. Le propos de Paul Delaroche est cité dans toutes les mentions biographiques et dans tous les ouvrages recherchant un exemple de cécité sur la marche du progrès ; voir par exemple : *Digital McLuhan* de Paul Levinson, Routledge, Londres, New York, 1999, p. 99

p. 160. Jeff Jarvis blogue sur *http://www.buzzmachine.org*. Son propos est cité notamment par Rupert Murdoch lors de son discours devant l'American Society of Newspaper Editors, le 13 avril 2005.

p. 161. McLuhan évoque le retour à la vie tribale dans sa conférence « Technology, the media and culture » prononcée le 28 octobre 1960 à l'Ohio State University Graduate's School, reprise dans *Understanding Me* de Marshall McLuhan, The MIT Press, Cambridge, 2003, p. 5.

p. 162. *Foreign Affairs*, Mai-juin 2005 : « Down to the wire » de Thomas Bleha, p. 111.

p. 164. Sur « Web 2.0 », voir l'article classique de Tim O'Reilly qui y fait référence : *http://www.oreillynet.com/pub/a/oreilly/tim/news/2005/09/30/what -is-web-20.html* et une traduction partielle en espagnol. *http://sociedaddelainformacion.telefonica.es/jsp/articulos/detalle.j sp?elem=2146.*

p. 164. Sur la controverse à propos la définition du terme, voir l'explication de Tim O'Reilly : *http://radar.oreilly.com/archives/2005/08/not_20.html* et celle d'un proche *http://www.boingboing.net/2006/05 /26/can_anyone_own_ web_2.html*

p. 164. L'émergence de *Google* : fin 1998, quelques mois après la création juridique de l'entreprise, le moteur de recherche traitait un peu plus de dix mille requêtes par jour ; deux ans plus tard, à la fin de l'année 2000, il en traitait soixante millions par jour, *The Search*, de John Batelle, Portfolio, New York, 2005, pp. 85 et 127. *Netscape : http://news.netscape.com/*

p. 167. A la fin du troisième trimestre 2006, soit après environ deux ans et demi d'existence, Myspace.com comptait 124 millions d'utilisateurs enregistrés, contre 74 millions trois mois plus tôt. Cette explosion de l'audience suivait celle du trafic passé, de mars 2005 à mars 2006, de 5,3 milliards de pages/an à 28,8 milliards de pages/an (calcul effectué sur les douze derniers mois). *Second life : http://secondlife.com/*. Pour suivre le travail journalistique d'Adam Reuters : *http://secondlife.reuters.com/*

p. 167. « Pierre Ménard, auteur du Quichotte », se trouve dans le recueil de Jorge Luis Borges, *Fictions,* Folio, 1974. Une bonne analyse de ce conte se trouve dans l'ouvrage d'Emma Lapidot, *Borges and Artificial Intelligence, an Analysis in the Style of Pierre Menard,* Peter Lang, 1991.

p. 168. Peter Brugger, du département de neurologie de hôpital universitaire de Zurich, définit l'« apophénie » comme une perception spontanée de rapports et de significations à partir de phénomènes sans aucune relation.

p. 168. José Ortega y Gasset, *Meditaciones del Quijote*, Alianza, nouvelle édition en 2000. La phrase, célèbre en espagnol, est : « *Yo soy yo en mi circunstancia.* »

p. 169. « *Enter Hamlet reading on a book* », indique Shakespeare (II, 2).

p. 170. *El último lector* de Ricardo Piglia, Anagrama, Barcelone 2005, p. 37.

p. 170. « *Words, words, words* » : Hamlet (II, 2, v. 192).